KB160011

지금 하지
않으면
사라져
버리는 것

지금 하지
　　않으면
　　사라져
버리는 것

펴낸날　　2018년 03월 10일 초판 1쇄 인쇄

저자　　윌리엄 A. 올콧
역자　　김진언
펴낸이　　김정재
펴낸곳　　뜻이있는사람들
등록번호　　제 2014-000229호
주소　　경기도 고양시 일산서구 대산로 215 연세프라자 303호
전화　　031-914-6147
팩스　　031-914-6418
이메일　　naraeyerim@naver.com

ISBN　　978-89-90629-43-2 03810

인생이 너무 화려하거나
빛나지 않아도 좋다
파도에도 부침없는 혼자만의
삶의 균형을 찾아라

윌리엄 A. 올콧 William A. Alcott
김진언 옮김

지금 하지
않으면
사라져
버리는 것

뜻이있는사람들

글을 시작하며

젊은이여, 어떻게 살 것인가

소박한
삶의 지혜가
나의 가치를
높인다

　어른들은 젊은이들이 무분별하고 성급한 데다 조언은 들으려
하지 않는다고 나무란다.

　이런 비난에도 일리가 있다는 점을 부인하지는 않겠다. 그러나
젊은이들이 어떠해야 한다고 생각하는가? 그들이 무분별한 것은
아직 경험이 부족하기 때문이다. 젊은이들은 아직 세상의 걱정거
리이자 애물단지다. 그들은 계속 앞으로 나아간다. 물론 성급해 보
일 때도 있다. 이 또한 혈기왕성하고 쾌활한 정신에서 비롯한 것이
다. 그러한 성향을 옆에서 바로잡아줄 필요는 있지만, 이것이 어디
에서 비롯되었는지 이해한다면 좀 더 신중하고 효과적인 방법으

로 접근해야 할 것이다.

젊은이들이 조언을 들으려 하지 않는다는 비난도 그렇다. 적어도 나는 그런 면을 발견하지 못했다. 그렇다면 부모의 잘못이거나 조언하는 방식이 잘못되었기 때문이다.

어린아이는 자꾸만 뜨거운 램프를 만지려고 하고, 부모는 아이가 못 만지도록 애쓴다. 결국 아이는 램프를 만지고는 울음을 터뜨린다. 그럴 때 부모가 아이에게 올바른 방식으로 타이른다면 아이는 통증을 다시 느끼지 않기 위해 부모 말을 잘 들으려고 할 것이다. 부모가 자녀를 이성적으로 지도했다면 당연한 결과이다. 그리고 부모의 조언을 따르는 습관은 한번 형성되면 쉽게 사라지지 않는다. 그렇다 해도 불빛의 유혹이 강하므로 예전에 아팠던 기억은 금세 잊어버리고 다시금 램프를 만지려 할지 모른다. 그러나 램프를 만졌을 때 느끼는 통증 때문에 아이들은 다시 이성적으로 판단한다.

자녀가 부모의 조언에 의지하는 습관을 버리고 부모를 신뢰하지 않는 경우는 부모가 자녀에게 무관심하거나 필요한 조언을 제때 하지 않거나 지속적인 애정을 보이지 않기 때문이다. 아무리 부모가 자녀를 잘못 다룬다 해도 대개 어린아이들은 부모를 믿고 의지하며 조언을 구하려는 성향을 쉽게 버리지 않는다.

사람들은 나이를 먹어가면서 자신들도 한때 젊은이였다는 사실을 망각한다. 그래서 그들은 함께 어울리는 즐거움을 누리지 못한다. 다음과 같은 명언이 있다. '노년을 영예롭고 우아하게 보내려면 젊을 때 자신도 언젠가 노인이 되리라는 걸 명심해야 하고, 노인이 되었을 때 자신도 한때 젊은이인 시절이 있었음을 망각해서는 안 된다.' 그 사실을 망각한다면 즐거움을 누리며 살 자격을 잃고 만다. 남들과 어울리는 즐거움 또한 누리기 어려울 것이다.

게다가 젊은이들에게 조언할 자격도 없을 것이다. 내가 소년이 었던 시절, 하루는 친구들과 놀고 있었다. 우리를 가만히 지켜보던 두 신사가 이런 대화를 나누었다.

"자네도 요즘 아이들처럼 저렇게 어리석게 행동했나?"

"물론이지. 나도 그랬던 것 같네."

그러자 질문한 신사가 이렇게 말했다.

"음, 나는 저러지 않았어. 정말 저러진 않았어."

두 사람 모두 부모라는 이름을 가졌지만 아이처럼 행동한 적이 없다고 믿었던 사람은 참된 부모의 됨됨이를 갖추지 못한 것이다. 그는 아이들이 좀 더 즐길 수 있도록, 좀 더 행복을 만끽할 수 있도록 작은 불편을 감수할 만한 위인이 아니다.

그는 모든 아이가 자신처럼 진지해져야 한다고 생각한다. 아이들이 나이에 맞는 놀이를 즐기는 모습이라도 본다면 그는 그 놀이가 어리석고 비합리적이며 시간 낭비라고 치부해 버릴 것이다. 그 대신 아이들에게 일이나 공부를 시키려 들 것이다. 그러나 어린 자녀들이 신나게 뛰어놀며 활발하게 지내는 모습을 보는 것은 큰 기쁨이다.

자신도 한때 젊은이였다는 사실을 기억하지 못하는 부모는 자녀에게 조언할 자격이 없다. 이미 자녀가 유혹에 빠졌거나 나쁜 길에 들어선 상황이라면 부모는 자녀가 무조건 자기 말에 따를 것을 강요한다. 아이가 부모 말을 듣지 않으면 부모는 아이가 경솔하고 외고집이라며 쉽게 단념해 버린다. 그리고 아이가 진심으로 조언을 듣고 싶어 할 때 차갑게 대한다. 어쩌면 눈살을 찌푸리며, 조언을 해도 따르지 않을 테니 더는 그럴 필요가 없다고 말할지 모른다. 부모가 자녀를 강압적으로 다루는 경우는 흔하기 때문에 젊은이들이 '조언을 경멸한다'고들 말해도 그리 놀랄 일이 아니다.

살 날이 얼마 남지 않은 노인에게는 세상과 인간 본성에 대해 터득한 지식과 지혜를 젊은이들에게 전해 줄 기회가 많지 않다. 그러므로 주위의 젊은이들에게 아직 자신의 지혜를 전하지 않았다면 영원히 땅에 묻힐 가능성이 높다. 젊은이들이 매우 가치 있게 여길 만한 교훈을 제때에 기분 좋은 마음으로, 기꺼이 함께하려는 편안한 분위기에서 얻게 된다면 참 다행스러운 일이다.

내가 젊은이들에게 조언한다면 이렇게 말하겠다. 젊은이들은 제대로 된 가정교육을 받으면서 자신이 할 수 있는 것은 무엇이든 해야 한다. 그리고 노인에게서 귀중한 삶의 지혜를 배울 수 있어야 한다. 젊은이들은 그 나이 때 두드러지는 활기찬 에너지와 정서를 어느 정도 희생할 수 있어야 한다. 그들은 노인들의 진지함을 따를 필요가 있다. 노인들의 지지와 우정과 신뢰를 얻기 위해서 말이다. 물론 젊은이들의 무리를 떠나거나 만끽할 수 있는 즐거움을 전부 포기하라는 말이 아니다. 또는 습관적으로 진지해지라는 말도 아니다. 이것은 지나친 요구일 것이다.

노인들이 아무리 젊은이들을 못마땅하게 여긴다고 해도, 젊은이들과 유쾌하고 유익한 대화를 나누면서 기분 좋은 감정을 느끼는 때가 있다. 내가 소년 시절에 노인들과 함께 보냈던 시간은 내 평생 가장 행복했던 시간이었다. 그렇듯이 노인들도 젊은이들과 함께 있을 때 행복을 느낄 수 있다. 젊은이들이 미래에서 산다면 노인들은 과거에서 산다. '고릿적' 이야기, 특히 그들이 영웅이었던 때의 이야기를 하는 것은 노인들에게 가장 큰 기쁨이라고 해도 과언이 아니다. 그러나 들을 사람이 없다면 이야기하지 않을 것이다. 젊은이들은 노인들의 이러한 성향을 이용할 수 있다. 그것도 최대한 유리하게 말이다. 누군가는 전쟁에서 영웅이었을지 모른다. 누군가는 전국을 누비던 영웅이었고, 또 누군가는 사냥 또는 고기잡이, 농사, 기계를 다루는 기술에서 제일가는 영웅이었을지 모른다. 노인들은 자신들의 기량과 솜씨를 자랑할 것이고, 가장 훌륭한 기량을 발휘하여 성공한 이야기들을, 그래서 주변 사람들을 행복하게 만든 이야기들을 자랑스럽게 들려주려 할 것이다.

　이들과 대화하는 동안 분명 시시하고 지루한 이야기도 많이 듣게 될 것이다. 그러나 태양 아래 순수하고 완벽한 것이 어디에 있는가? 비싸다는 금에도 불순물은 섞여 있다. 노인과의 대화에 시시한 구석이 있더라도 값지고 귀한 것을 배울 수 있다. 전쟁 이야기에서는 역사를 배울 수 있다. 여행 이야기에서는 지리와 인간의 성격, 예절, 관습을 배울 수 있다. 공정함과 부당함을 경험했던 이야기에서는 어느 것을 지켜야 하고 어느 것을 피해야 하는지 배우게 된다. 하나의 이야기에서 한가지 것을 배울 것이고, 또 다른 이야기에서 또 다른 한가지를 배울 것이다. 이 조각들을 한데 모으면 어느 순간 인간 본성에 관한 위대한 책 한 권이 탄생할 것이다. 어떤 의미에서는 여러 삶을 동시에 사는 셈인지도 모른다.

　한가지 더 기억해야 할 것이 있다. 사람은 더 많이 가질수록 더 많이 베풀어야 한다. '받는 것보다 주는 것이 더 큰 행복이다'라는 말은 성서뿐 아니라 사람들도 이야기하는 것이다. 나이를 먹을수록 과오를 저지를 확률도 점점 줄어들어야 한다. '자신의 입으로' 어른들을 향해 '비난해 마지않던' 바로 그 과오를 저지르지 않도록 주의해야 한다는 말이다. 젊은이들의 신뢰를 얻기 위해 젊은이들과 통할 수 있는 사람이 되어야 한다. 그들에게 살아오며 얻은 경험의 보물들을 조금씩 나누어주어야 한다. 그렇지 않다면 그 보물은 그대의 무덤에 그대와 함께 영원히 묻히게 될 것이다.

젊은 친구들이여, 노인들의 이야기를 직접 듣는 방법 이외에도 노인들의 지혜를 얻을 수 있는 방법이 한가지 더 있다. 바로 책을 읽는 것이다. 세상의 많은 노인들이 경험을 바탕으로 많은 책을 집필해 왔다. 그러니 그들의 가르침을 이용할 수 있다. 실은 이 방법이 노인들과 대화하는 것보다 나을 것이다. 노인들과 대화하는 것과 달리 책을 읽는 동안 저자의 냉랭한 태도에 기분이 상할 일은 없기 때문이다.

나는 젊은이들이 이 작은 책에서 가치 있는 정보와 유용한 조언을 얻게 되리라고 장담한다. 나 자신의 경험에서 나온 삶의 지혜들을 다양한 주제에 걸쳐 배열하고, 관심을 끌 수 있는 방법으로 생각을 정리하기 위해 많은 시간과 노력을 들였다. 사실 이 책은 혼자만의 경험에서 나온 결과물은 아니다. 나 역시 살아오면서 많은 책을 통해 값진 생각들을 얻었기 때문이다.

서문은 대개 건조한 문체로 쓰여진다. 서문과 목차를 다 읽을 때까지 관심을 끌 만큼 서문이 충분히 흥미로워야 한다면 나는 이 서문을 읽고 책을 끝까지 읽게 되리라고 자신한다. 그리고 내가 믿는 원칙에 따라 내 조언에 따르게 될 것이다. 내 조언에 기꺼이 귀 기울일 준비가 되어 있는 사람만이 이 책을 구입해서 읽을 것이기 때문이다. 다시 말해 나는 독자들이 대체로 내 조언에 따를 것이라고 믿어 의심치 않는다. 물론 매 순간 내 조언에 따르기는 어려울 것이다. 젊은이는 뿌리치기 힘든 유혹에 노출될 것이므로 때때로 그 유혹의 덫에 걸릴지도 모른다. 그러나 실수를 저질렀을 때 이 책에서 그와 관련된 부분을 읽는다면(나는 두 번 이상 읽을 만하게 글을 썼다고 자부한다), 그동안 조언을 무시하고 경솔하게 램프를 만지며 얼마나 고통 받았는지를 깨닫는다면, 두 번 다시 똑같은 실수를 저지르지 않게 되리라고 장담한다.

젊은이들의 선의를 믿고 그들이 기꺼이 내 조언에 귀 기울여주리라고 확신하므로 이 책을 이 땅의 모든 젊은이들에게 바친다. 이 책이 그들을 만족시키지 못한다 해도 그들의 어리석음이나 억지 탓으로 돌리지 않겠다. 그보다는 나의 조언 방식이 현명하거나 올바르지 못했다고 생각하리라.

— 윌리엄 A. 올콧

A problem is your chance
to do your best.
역경은 최선을 다할 수 있는 기회다.

−Duke Ellington

차 례

서문　　　　　젊은이여 어떻게 살 것인가 · 4

자신의　1　　　태양을 향해 활을 쏘라 · 21

가치를　　　　무엇을 위해 사는가 · 25

높여라　　　　일하지 않는 자, 먹지도 말라 · 28

　　　　　　　절약과 인색함은 다르다 · 34

　　　　　　　게으름은 '괴로움의 사슬' · 39

　　　　　　　잘 자야 잘 산다 · 42

　　　　　　　윗사람을 사랑하라 · 48

합리적인 **2**
습관을
들이는 법

소박한 음식이 건강을 부른다 · 55

아침 몇 분이 하루의 승패를 가름한다 · 65

가난을 부끄러워하지 말라 · 72

더불어 **3**
사는
지혜

인간은 혼자 살 수 없다 · 81

감정적으로 행동하지 마라 · 85

겸허하게 행동하자 · 92

예의 바른 사람이 되려면 · 94

프로가 **4**
되라

하찮은 직업은 없다 · 103

중요한 일은 스스로 하라 · 106

남을 알 수 있는 기술 · 109

세상의 평판에 귀 기울여라 · 115

처세도 **5**
지혜다

제대로 보는 법을 익혀라 · 121

입소문이라는 정보 네트워크를 활용하라 · 126

배움에는 끝이 없다 · 130

공부하는 방법 · 138

결혼에 **6**
대하여

결혼은 또 다른 학교 · 155

어떤 사람과 결혼할 것인가? · 160

함께 살 만한 사람일까 · 164

남자를 위한 조언 · 171

인간다운 **7**
삶을
위하여

친구를 보면 그 사람을 알 수 있다 · 187

진정한 우정에 대하여 · 190

'인간의 가치'를 묻는다 · 198

역자 후기

Epilogue · 204

자신의
가치를
높여라

1

당신이 간절히 바란다면,
그것은 이루어질 수 있다.

태양을 향해
활을 쏘라

●

　　어떤 사람들은 행동 기준을 너무 높게 잡는 것이 위험하다고 생각한다. 완벽한 글씨본보다는 약간 서툰 글씨본을 봐야 아이들이 훨씬 빨리 글자를 외우게 된다고 말하는 교사도 있다. 완벽한 글씨본을 보면 의욕을 잃기 쉽지만, 학생들보다 조금 더 잘 쓴 정도라면 자신도 금방 그렇게 쓸 수 있게 될 것이라 생각하고 의욕을 갖게 된다는 것이다. 이런 견해는 결코 옳다고 할 수 없다. 아이들에게는 가능한 한 잘 쓴 글씨본을 주는 것이 좋다. 아이들은 틀림없이 그 글씨본을 흉내 낼 것이고, 가능성이 조금이라도 있다면 스스로 해봐야겠다는 마음가짐을 갖게 될 것이다.

　　누군가에게 가능한 일이라면 다른 사람에게도 가능하다고 할 수 있다. 따라서 인간이 할 수 있는 일이라면 무슨 일이든 도전 해봐야 한다.

　　인간은 이성을 가진 유일한 동물로서 최고의 행동 기준을 가지고 있다고 해도 틀린 말이 아닐 것이다. 또한 그 기준에 따르기 위해 노력하는 것이 인간의 의무라고도 말할 수 있다.

작은 목표만 가진 사람은 작은 일밖에 이루지 못한다. 그러므로 커다란 희망을 품고 큰 일을 시험해 봐야 한다. 큰 희망을 마음에 품고 있는가 아닌가에 따라서 인격, 행동, 성공의 결과에는 상상할 수 없을 만큼 커다란 차이가 나타난다.

인생의 지침이 되는 목표가 전혀 없는 사람, 목표는 있지만 낮은 목표만 가진 사람도 있다. 반대로 높은 목표를 가지고 인생을 출발하는 사람도 있다. 얼마나 나아가고 성공할 수 있을지는 각자의 목표의 수준에 따라 달라진다.

옛 속담에 이르기를, 태양을 향해 활을 쏘는 자는 태양을 맞혀 떨어뜨리지는 못하지만 눈 높이에 있는 표적을 노리는 사람보다는 더 높이 쏘아 올릴 수가 있는 법이다.

인격에도 이 말을 적용할 수 있을 것이다. 단, 다른 점이 하나 있다면 태양을 맞혀 떨어뜨리는 일은 불가능하다는 사실이다. 다시 말해 불가능한 일에 도전하는 것이 목표를 높게 갖는 것은 아니라는 뜻이다.

'할 수 없다'는 말은 하지 말라

"자신이 결정한 것이라면 무엇이든 할 수 있다" 그러므로 세상에 도움이 되는 사람이 되겠다고 결심하면 반드시 그렇게 될 것이다.

내가 보아온 바에 의하면 젊은이들은 자기 자신의 능력이나 가능성을 전혀 깨닫지 못하는 듯하다. 위대하고 뛰어난 일을 할 수 있는 능력이 자신에게도 있다는 자신감이 없기 때문에 한껏 노력하지 않는 것이다.

그렇다면 알렉산더 대왕이나 시저, 찰스 대제, 나폴레옹 혹은 워싱턴과 같은 인물은 어떻게 해서 위대해진 것일까? 그들도 처음에는 당신과 같지 않았을까?

그들은 자신이 가지고 있는 힘을 전부 발휘했기에 위대한 인물이 될 수 있었을 것이다. 그러므로 "그들이 해냈던 일이라면 나도 할 수 있다"는 신념을 가질 필요가 있다. 그런 신념까지는 갖지 못하더라도 하다못해 그들에게 조금이라도 가까워지려 해야 할 것이다. 이는 결심하기만 하면 가능해진다.

'해보겠다', '우선 시작하고 보겠다'라는 사소한 마음이 때로는 커다란 결과를 가져다준다. 할 수 없다고만 되뇌면 아무 일도 할 수 없다. 해보겠다는 결심이 기적을 부르는 것이다.

이와 같은 예는 헤아릴 수 없이 많겠지만, 여기서는 한가지만 예로 들겠다.

한 젊은 남자가 방탕한 생활 끝에 가산을 전부 탕진했다. 생각다 못한 남자는 절벽에서 몸을 던지려 했다. 그 순간, 무슨 생각이 들었는지 문득 자신이 잃은 것들을 되찾아야겠다고 결심했다. 그는 석탄 운반 일용직 노동자로 시작하여 한 걸음 한 걸음 나아갔다. 결국 재산을 잃기 전보다 더 큰 부자가 되어 어마어마한 재산을 모으고 일생을 마쳤다.

나폴레옹의 체력과 정신력, 프랭클린이나 워싱턴의 근면함과 검소함과 지혜, 강한 인내심과 규칙적인 생활 등을 갖춘다면 높은 목표를 품은 젊은이는 반드시 꿈을 이룰 것이다. 그런 멋진 일이 언젠가 실현되기를 바라는 것은 지나친 욕심일까?

모쪼록 모범이 될 만한 젊은이들이 더 많이 나타났으면 하는 바람이다.

무엇을 위해
사는가

자신만의 방침이나 행동 목표가 없는 젊은이들이 적지 않다. 그런 사람들은 조금도 가치 없는 목적에 휘둘리고 만다. 가슴 아픈 일이기는 하지만 사실이다. 그런 사람들을 위해 가치 있는 목적이란 어떤 것인가 이야기하려 한다.

가장 먼저 할 일은 자신의 행복을 소중히 여기는 것이다. 이 일은 지금도 관심 가는 일일 것이며, 인생의 첫 번째 목적일 것이다. 모든 욕구, 언어, 행동 속에서 행복을 찾고 있는 자신의 모습을 발견할 수 있으리라.

그런데도 젊은이들은 행복에 이르는 길을 잃고 만다. 길을 안내해 주는 친구가 없거나 다른 사람의 손길을 거절해 버리기 때문이다. 또는 훨씬 작고 가까운 데 있는 행복에 안주해 버린다. 그래서 쉽게 손에 닿지 않는 커다란 행복을 얻는 기쁨에서 스스로 멀어져 버리는 것이다.

두 번째로 자기 가족을 존중해야 한다. 은혜를 베풀고도 배신당해 보지 않으면 가족, 그중에서도 부모님으로부터 얼마나 커다란 은혜를 입고 있는지 잘 알지 못하는 법이다. 적어도 부모가 되기 전까지는 부모님이 당신을 얼마나 생각하고 있는지 알 수 없다. 그러나 부모가 될 나이까지 그런 사실을 조금도 깨닫지 못한다면 부모가 될 자격이 없다.

세 번째로는 사회를 위해 인격을 크게 높이려 노력해야 한다. 젊은이는 주위 사람들에게 공헌하고 싶어도 스스로 어느 정도 능력이 있는지 충분히 자각하지 못한다. 이럴 때는 선배나 친구들의 충고와 지도를 받기 바란다.

주위 사람들을 행복하게 하라

여기까지 읽고 나면 다음과 같은 의문을 품게 될 것이다. 즉, 앞서 말한 세 가지 목적을 가지고 있지 않은 사람이 과연 있을까? 다시 말해 자신의 행복을 추구하지 않는 사람, 부모님이나 가족, 친구를 기쁘게 해주어야겠다고 생각하지 않는 사람이 있을까?

이 책을 읽는 젊은이들은 대부분 이러한 목적에 대해 생각한 적이 있을 것이다. 물론 사람은 누구나 자신의 행복을 추구하며, 젊은이들도 세상의 평가를 존중하는 것처럼 보인다. 그러나 자신을 정말 행복하게 만드는 것이 무엇인가에 대해 잘못된 견해를 갖고 있는 사람도 적지 않다.

특히 부에서 행복을 얻을 수 있다고 생각하는 사람들이 너무나도 많다. 그런 사람들은 부를 지상 최대의 목적으로 삼아 밤낮 없이 움직이며, 이를 위해 온갖 노력을 아끼지 않는다. 그들도 부 자체가 가치 있다고는 생각지 않지만 행복을 얻기 위한 확고한 수단이라고 생각하는 것이다.

그런데 행복해지기 위해 부를 추구할수록, 그리고 돈을 버는 계획이나 사업에 성공할수록 처음의 목적은 잊어버리게 된다. 결국에는 부를 위해 부를 추구하게 되고, 부자가 되는 것이 최고의 행동 목적이 되어버리는 것이다.

관능적인 기쁨이나 사회적 명성을 추구하는 경우도 마찬가지다. 이런 것은 많이 얻을수록 본래의 인간성을 잃게 되며, 이런 것에 빠져들수록 그 외의 목적에는 노력할 수가 없다.

젊은이가 자신과 주위 사람들의 행복을 최대 목표로 삼아 행동한다면 많은 것을 이룰 수 있다. 그런 사람은 세상에서 가치를 인정받는다. 물론 주위 사람들을 지금보다 행복하게 만들 수 없을지도 모른다. 그렇다 할지라도 그런 목적을 갖고 있지 않은 사람들보다는 훨씬 유익한 사람이라고 할 수 있다.

일하지 않는 자,
먹지도 말라

　행복을 누리면서도 세상에 도움을 주는 사람이 되기 위해서 무엇보다 중요한 것은 근면이다. '일하지 않는 자, 먹지도 말라'는 말이 있다. 건강한 육체와 건전한 정신을 가진 사람이라면 누구나 살아가기 위해 일해야 한다. 이것은 예나 지금이나 변하지 않는 진실이다. 그것이 싫다면 다른 별로 이사 가야 할 것이다.

　일에는 다양한 종류가 있다. 정신 노동이 있는가 하면 육체 노동도 있다. 둘 다 세상에 도움이 되는 일이다. 누구나 다양하고도 많은 직업 중에서 자신의 것을 선택해야 하는데, 어떤 것을 고르더라도 사회적으로는 똑같이 중요하다.

　어쨌든 무슨 일이든 하지 않으면 안 된다. 충분한 재산을 물려받았더라도 건강과 행복을 위해 일을 해야 한다. 부자여도 나태하게 생활하면 사람이 망가지고, 아이가 있다면 아이에게도 잘못을 저지르는 셈이다.

　그리고 경제적으로 자립하겠다는 각오를 충분히 굳힌 뒤에 인
생길을 나설 것을 권한다. 출세를 위해 자신의 능력에 의지해야 하
는 사회에서는 이런 각오가 필요하다. 원조를 바라는 것은 나태한
인간이나 하는 짓이다. 우정이나 사람들의 호의에 기대 간신히 일
자리나 신용을 얻더라도 그런 지위는 불확실해서 언제, 어느 순간
에 빼앗기게 될지 알 수가 없다.

　그러나 스스로를 의지하고 있다면 당신의 지위는 견고해져서
쉽게 흔들리지 않게 된다.

노예가 아니라 자유인이 되라

　스스로 일해서 생활하려 들지 않는 사람은 언제나 경쟁 상대에
게 둘러싸여 있는 것이나 마찬가지다. 그리고 언제든 경쟁에 져서
다른 사람들보다 뒤처지게 될 것이다.

　생활은 사람의 마음가짐에 따라 달라진다. 이런 마음으로는 평
생 두려움에 떨며 생활할 수밖에 없다. 그것은 '노예의 신분으로 빈
둥대며 살아가는' 생활이다. 빈둥대며 살아가는 대가가 노예라는
신분인 것이다.

때론 노예도 풍성한 먹을거리를 제공받고 좋은 옷을 받기도 한다. 그러나 자신의 생각을 표현할 만한 용기가 없다. 때로는 주인과 다른 견해를 가지고 있다고 다른 사람들이 생각할까 봐 두려워하기도 한다. 아무리 주인을 경멸하더라도(가령 주인이 난폭하거나, 술주정뱅이이거나, 어리석거나, 혹은 위의 삼박자를 전부 갖추고 있다 할지라도) 노예는 입을 다물고 있을 수밖에 없다. 그렇게 하지 않으면 주인이 그를 마음에 들어 하지 않기 때문이다.

그러니 주인보다 훨씬 지식이 많더라도 주인이 더 현명해 보이게끔 자제해야 한다. 주인이 공을 독차지할 경우, 실제로 그 일을 자신이 했더라도 그 공의 일부가 자신의 것이라 생각하고 있다는 사실을 내비치면 파멸을 부르게 된다.

노예 신분은 한 종류만이 아니라는 사실을 기억해 두기 바란다. 육체적인 의미의 노예 외에도 정신적인 노예가 있다. 어떤 식으로든 노예가 돼서는 안 된다. 그러므로 높은 목표를 가지고 평생 일을 하겠다고 결심하고 인생을 출발하기 바란다.

한 재산 모으고 나면 그 후부터는 안락의자에 앉아 놀며 살겠다고 생각하는 사람들이 많은데, 그것은 불가능한 일이다. 청년기·중년기에 활동적으로 일해 온 사람은 일을 그만두지 못하는 법이다.

그렇다고 해서 나이 들어서도 젊었을 때와 똑같이 일해야 한다는 뜻은 아니다. 젊었을 때는 여러 가지 활동에 정진해야 하지만, 장년기에는 일이 줄어들다가 나이가 들수록 훨씬 적어지게 된다. 그런데 실제로는 젊은이들보다 노인이 노동을 더욱 필요로 한다. 아이들은 생명력이 강하기 때문에 운동을 하지 않아도 바로 문제가 생기지는 않는다. 단, 그에 따른 대가는 언젠가 반드시 치러야 한다.

인생의 후반부에 접어들어 일에서 물러난 사람들이 병을 앓곤 하는 것도 그와 같은 이유에서이다. 그리고 인생을 즐기지도, 다른 사람들을 행복하게도 하지 못하고 오히려 자신이나 주위 사람들에게 불행의 근원이 되고 마는 것이다.

부자 되려다 쪽박 찬다

근면이 중요하다는 것은 사회적 통념이다. 근면을 습관화하려고 자기 나름대로 노력하는 사람들도 적지 않은데, 남에게 강요를 받는 경우도 있고 격려를 받는 경우도 있다. 또 일정한 훈련이 필요하다고 생각하는 사람이 있는가 하면, 뛰어난 사람의 생활을 모범으로 삼으면 된다고 생각하는 사람도 있다.

한 아버지가 근면한 습관을 키워주는 것이 중요하다는 신념으로 날이면 날마다 아들에게 산더미 같은 돌을 나르게 했다. 목적은 바람직하긴 하다. 그러나 그런 일만 하다 보면 싫증이 나서 오히려 원래의 뜻을 잃게 될 위험성도 있다. 굳이 그렇게까지 하지 않아도 모든 사람이 보기에 유익해 보이는 일이면 충분하다.

누가 됐든 매일 밖에 나가서 조금씩이라도 일을 해야 한다. 일을 할 수 없는 경우에는 몸을 움직이거나 단련하는 운동을 해야 한다.

오늘날 너나 할 것 없이 모두가 지금의 상태보다 높은 지위에 오르려 한다는 점은 참으로 불행한 일이다. 또 대부분의 사람들이 손을 더럽히는 힘든 일을 하지 않아도 되는 지위를 바란다. 모든 사람들이 유산 · 유한 계급이 될 수 있는 것은 아니다. 의복을 만드는 사람이나 집을 고치는 사람도 필요하다. 장사를 하는 사람도 있어야 한다. 인간은 무엇이든 일을 하지 않으면 안 된다. 그렇지 않으면 '일하지 않는 자, 먹지도 말라'는 이야기를 듣게 된다.

그러나 돈벌이에 여념이 없는 젊은이들 중에는 유산 · 유한 계급으로 보이고 싶어 하는 경향이 많고 그렇게 되기를 바라는 사람들도 많다.

그 결과는 어떨까? 젊은이는 부모에게 위안이 되어야 하지만 일하지 않으면 부모의 짐이 되어버린다. 이런 젊은이는 언제나 손이 닿지 않는 곳에 있는 것을 원하기 때문에 실망하고 부끄러운 인생을 살게 된다.

이러다 결혼이라도 하게 되면 자기 자신뿐만 아니라 주위 사람들까지도 휘말리게 되어 참으로 불행해지게 된다. 이런 사람들 앞에는 보통 사람들보다 몇 배나 큰 악운이 기다리고 있다. 열에 아홉은 명대로 살지도 못할 것이다. 그것도 굉장히 비참한 최후를 맞이하지 않을까.

절약과
인색함은 다르다

참된 의미의 검소함도 있지만 잘못된 의미의 검소함이 있다.

절약할 생각으로 과자를 먹을 때면 언제나 두 조각으로 나누어 먹는 사람이 있었다. 두꺼운 과자라면 괜찮지만 얇다면 산산이 부서져버리고 만다. 보기 좋게 나누더라도 그만큼 시간을 들일 가치가 있는 일일까 생각해 보면 낭비라고밖에는 생각되지 않는다. 이것은 흔히 볼 수 있는 잘못된 검소함이라고 할 수 있다.

한편 '인색함은 가난의 근본'이라고 한다.

시간은 금이라는 프랭클린의 말을 인용할 것도 없이, 시간 절약은 금전적인 절약과 직결된다. 시간은 절약하지만 돈은 신경 쓰지 않는 사람은 지금껏 만나본 적이 없다. 따라서 시간의 절약은 중요한 연구 과제라고 생각된다.

그런데 생각처럼 간단한 문제는 아니다. 1시간은 60분이라지만

60분이 모여 1시간이 된다는 사실의 참된 의미를 알고 있는 사람은 과연 얼마나 될까? 잘 모르기 때문에 2, 3분 정도의 짧은 시간은 아무런 망설임도 없이, 또 아깝다는 생각도 없이 허비하는 사람이 많다. 짧은 시간이라도 계속 반복하면 그것이 모여서 1시간이 된다고는 생각지 않는 것이다.

그러니 '작은 돈을 소중히 여기면 커다란 돈은 저절로 굴러 들어온다'는 말처럼 '1분을 소중히 여기면 1시간은 저절로 충실해진다'고 할 수 있다.

학교 선생님인 친구로부터 얼마 전에 다음과 같은 편지를 받았다. 선생님은 매우 조심스럽기는 하지만 확고한 의문을 품고 있었다.

"시간은 금이라는 프랭클린의 말 때문에 자린고비가 되어버린 사람이 많은 것은 아닙니까? 의미가 충분히 이해되지 않은 채 그 말이 사용되고 있는 것은 아닐까요?"

어떤 말이든 올바른 의미를 알지 못하고 사용한다면 제대로 조언해 줄 수가 없다. 돈을 아끼는 것과 마찬가지로 시간을 아끼는 사람도 있을 것이다. 시간을 아끼는 사람은 곧 돈도 아끼게 된다.

타인을 행복하게 하려는 선행은 언제 어디에서나 할 수 있다. "돈벌이가 되지 않으니 그런 일에는 시간을 할애할 수 없으며, 할애할 생각도 없다"고 말하는 사람은 수전노와 다를 바 없다.

젊은이는 올바른 방법으로 시간을 절약해야 하고, 시간과 금전을 낭비하지 않도록 해야 한다.

지금 바로 시작하라

절약하는 습관을 들이기 위해 중요한 것이 두 가지 있다.

우선은 무슨 일이든 미리 정해 둔 시간에 할 것. 해야 할 일이 많거나 적거나 상관없이 언제나 무엇을 할지 계획을 세워두어야만 한다.

일이나 공부여도 상관없고 수다를 떠는 것이어도 좋고 노는 것이어도 괜찮다. 그리고 웬만하면 그 계획을 멈추지 않는 것이 좋다. 정말 많은 일을 하면서도 여가 시간을 한껏 누리는 사람들도 이렇게 하고 있기 때문이다. 일도 제대로 하지 못하면서 여가도 충분히 누리지 못하는 사람들은 계획적으로 일을 하지 않는다. 그런 사람들은 말 그대로 '헛되이' 살아가는 사람들이다.

네덜란드의 한 수상은 방대한 양의 일을 훌륭하게 처리하기로 유명한 사람이었다. "그런데도 어떻게 여가 시간을 낼 수 있는 겁니까?"라고 묻자, 그는 "무슨 일이든 바로 시작하기 때문입니다"라고 대답했다.

자신의 시간도 전부 고용주의 것이기 때문에 계획을 세울 여유 따위는 없다고 말하는 사람들도 있을 것이다. 그러나 이는 옳은 말이 아니다. 자신만의 시간을 몇 분이나마 만들어내지 못할 정도로 타인에게 자신을 오롯이 바치는 사람은 그렇게 흔치 않다. 이런 데서 인격이 시험 받고 증명되는 것이다. 조그만 것이라도 현명하게 사용할 줄 아는 사람은 커다란 것도 현명하게 사용할 수 있다.

매일 30분을 내든 2시간을 내든 그 시간을 어떻게 사용할지 결정해 두어야 한다. 독서를 하기로 했다면 그 시간이 되면 바로 시작해야 한다. 공부하기로 했다면 바로 공부를 시작하는 것이다.

자유 시간을 조금이라도 유용하게 사용하다 보면 자신의 일에 대한 관심도 생겨나는 법이다. 여가 시간이 적을수록 더욱 뚜렷한 목적의식을 가지고 독서할 것이다. 위인이라 불리는 사람 중에는 이렇게 해서 훌륭해진 사람들이 아주 많다. 위인들은 곧 독학한 사람들이다.

독학으로 어떤 것을 이뤄낼 수 있는지 직접 본 예가 있다. 15살 난 소년이 있었다. 그는 공부에 그다지 익숙하지 않았으며 특별한 교육도 받지 못했다. 그런데 롤랑의 『고대사』를 약 3개월, 즉 1년의 4분의 1이라는 시간에 걸쳐서 독파했다. 그러는 동안에도 그는 남들보다 힘든 중노동을 계속했다. 그런 책을 1년 동안 4권이나 읽는다는 것은 굉장히 어려운 일이다.

작은 것부터 절약하자

얼마 전, 많은 점원들이 일하는 상점에 들어갔더니 '물건은 정해진 장소에 놓을 것'이라고 커다랗게 써 붙인 포스터가 있었다. 그 가게의 주인은 틀림없이 절도가 있고 절약이 무엇인지 아는 사람일 것이다.

내가 알고 있는 한 노인은 어떤 물건이든 놓는 장소를 분명하게 정해 놓았다. 어떤 것이 없어졌을 때 자식들이 그 물건을 찾지 못하면 언제나 자식들을 모두 야단쳤다. 불합리하다고 생각할지 모르지만, 곧 효과가 있어서 집안사람 모두가 물건 놓는 장소를 정해 두게 되었다.

이런 습관을 지키지 못한다면 참된 의미의 절약은 있을 수 없다. 절약을 빼버리면 자신에게도 타인에게도 인생은 하찮은 것이 되어버리고 만다. 절약의 필요성을 아는 사람은 많지만 실천하는 사람들은 그다지 많지 않다.

게으름은
'괴로움의 사슬'

●

　　훌륭한 인물이 되겠다고 마음먹은 사람에게 최대의 장애물은 바로 게으른 성격이다.

　시간만큼 소중한 것도 없으니 매 순간을 소중히 여겨야만 한다며 말만 그럴듯하게 하는 사람이 있다. 그런데 충분히 잠을 자고도 쓸데없이 이불 속에서 꿈지럭거리는 경우가 있다. 이론에만 밝고 눈조차 못 뜨는 사람은 나무토막과 다를 바가 없다. 잠자리에 누운 채 게으름의 포로가 되어버린 것이다.

　일할 시간이 없다, 공부할 시간이 없다며 언제나 시간이 부족하다고` 불평하는 사람도 있다. 그러면서도 술집에서 하품을 하다가 극장에 갈까 말까 망설이기도 하고, 이젠 일어나도 괜찮지 않을까 생각하면서도 이불 속에서 시간을 낭비한다. 그러니 게으른 사람은 가장 괴로운 사슬을 끌고 다니는 셈이다. 그런 사람에게 무슨 말을 할 수 있겠는가?

인간답게 살기 위해 부지런해지자

게으른 사람은 인간 축에도 들지 못한다. 짐승 중에서도 가장 열등한 동물이라고 할 수 있다. 그런 사람은 미리 부산을 떨다가 막상 행동에 옮겨야 할 때가 되면 무기력해져서 몸이 움직이지 않는 것이다. 해야겠다고 생각은 하지만 막상 시작할 때가 되면 기력을 완전히 잃고 만다.

특히 젊은 사람이 그렇다면 어떻게 하면 좋을까? 그는 어디에도 도움이 되지 않는다. 일을 하거나 책을 읽어도 피곤할 뿐이고, 공무원이라도 될 양이면 자신의 즐거움과 자유를 방해 받을 것이라 말한다. 그는 평생을 깃털 이불 속에서 지내지 않으면 직성이 풀리지 않는 성격인 듯하다. 다른 사람에게 고용되기라도 하면 1분이 1시간처럼 느껴진다. 그런데 놀 때는 1시간이 1분처럼 느껴지는 것이다.

보통 이런 사람들에게는 시간이 도망치는 것처럼 느껴진다. 그래서 다리 밑으로 강물이 흐르는 것처럼 시간이 흘러가도록 내버려두고 돌아보려 하지 않는다. 예를 들어 오늘 아침 무엇을 했냐고 물으면 대답하지 못한다. 반성하지 않고 살아가기 때문이다. 심지어는 자신이 살아 있는지도 알지 못한다.

게으른 사람은 한껏 자다가 느릿느릿 몸을 추스르고는 가장 먼저 찾아온 사람과 잡담을 나눈 후 저녁 먹을 시간이 될 때까지 딴

청을 피운다. 아무리 중요한 일이 있어도 기회만 있으면 팽개치고 잡담을 시작한다. 드디어 저녁 먹을 시간이 되면 이번에는 식탁에 앉아서 오랜 시간을 보낸다. 그다음에는 아침과 마찬가지로 할 일 없이 저녁 시간을 보낸다. 그의 인생은 이것이 전부라 해도 과언은 아닐 것이다. 인간으로서 이름값을 하지 못하는 사람이 대체 어디에 도움이 되겠는가?

이성을 가진 동물이 인생이라는 귀중한 선물을 인간의 존엄성을 떨어뜨릴 만큼 아무 가치도 없는 일에 쓸 수 있을까? 무덤에 들어갈 때가 돼서 자신의 일생을 되돌아보면 얼마나 만족할 수 있을까? 금으로 새겨진 무덤이든 소박한 무덤이든 간에 그의 생애에 대해 기록되는 것이라고는 '××년에 태어나 ××년에 죽다'라는 말뿐이다.

잘 자야
잘 산다

●

저녁 식사 때 와인을 반주로 마실 뿐, 그 이외에는 술을 마시지 않으니 절주하는 것이라고 생각하는 사람이 있다. 그와 비슷한 얘기로 10시나 11시에 자는 것은 이르다고 생각하는 사람이 있는가 하면, 아주 늦은 시간이라고 생각하는 사람도 있다.

아침 공기는 건강에 좋다는 말을 자주 듣는다. 그런데 많은 학자들이 그것은 잘못된 견해라고 말하고 있다. 충분한 수면을 취하고 난 뒤라 상쾌한 기분이 들고 기운을 회복했기 때문에 그런 속설이 생긴 것이다. 자신의 몸과 마음이 변한 것이지, 공기가 바뀌는 것이 아니다. 다시 말해 육체와 정신이 전날 밤보다 건강해진 것일 뿐 주위 환경이 변한 것은 아니라는 것이다.

아침 공기가 얼마나 건강에 좋은지는 알 수는 없지만 적어도 건강에 나쁘지는 않을 것이다.

하루의 시작은 아침부터

아침 일찍 일어나는 데는 그 외에도 여러 가지 이점이 있다.

일찍 일어나 계획을 세우고 바로 일을 시작하면 대체로 그날은 하루 종일 일이 잘 풀린다. 이는 시간이라는 말의 갈기를 움켜쥐고 일을 쫓는 것과 같다. 반대로 늦잠을 자면 일에 쫓기게 된다.

일찍 일어나서 일을 시작하는 기분은 참으로 특별하다. 생각, 대화, 행동에도 탄력이 붙는다. 그런 상태는 하루 종일 계속된다. 단순히 기분 때문이 아니라 실제로 그렇다.

누구나 자신의 버릇을 변명할 때는 그럴듯한 이유를 생각해 낸다. 아침잠이 많은 사람들은 "하루를 놓고 보면 나는 일찍 일어나는 사람들과 같은 양의 일을 한다"고 주장한다. 그런 경우도 있을지 모르겠지만 대부분은 그렇지 않다. 일찍 일어나는 사람은 동작이 기민하고 활력이 넘친다.

"일요일을 잘 보내면 일주일이 순조로워지는 법이다"라는 말이 있는데, 앞서 이야기한 것들을 생각해 보면 그 이유는 분명해질 것이다.

특히 따뜻한 계절이 돌아오면 아침은 일하기에 좋은 시간이 된다. 도시 사람들이 태양이 솟았다는 사실을 미처 깨닫기도 전에 농촌 사람들은 이미 한나절 분의 일을 마친다.

한 영국 작가는 다음과 같이 말했다.

"이미 충분히 자고도 잠자리 속에서 자는 것도 깨 있는 것도 아닌 상태로 미적대는 것만큼 어리석은 짓은 없다. 자리에서 일어난다면 무슨 일이든 할 수 있으며, 잠을 자면 휴식을 취할 수 있다. 하지만 비몽사몽간에 누워 있기만 한다면 살아 있다고도 할 수 없다."

예일 대학의 한 교수는 강연을 할 때면 언제나 '아침에 일단 일어나면 다시 잠을 자지 말 것'이라고 말했다. 건강한 사람이 이 규칙을 잘 지키면 비몽사몽간에 헤매거나 너무 많이 자는 일은 없을 것이다. 충분히 수면을 취하지 못한 채로 일어나야 한다면 다음 날 밤에 그 부족한 부분을 채우면 된다.

자는 데도 기술이 있다

장수하는 사람들은 대부분 아침에 일찍 일어난다. 경험 많은 의사도 장수의 비결 중 하나로 일찍 일어나는 것을 든다.

12시 전에 1시간 수면을 취하는 것은 그 후에 2시간 자는 것과 같다. 오래전부터 내려오는 말이지만 맞는 말이다. 그리고 늦지 않은 시간에 평소와 같이 저녁 식사를 하는 편이 먹은 음식을 소화하는 데 더 도움이 된다.

인간은 자연적으로 낮에 활동하고 밤에 자도록 만들어졌다. 여기서 밤이란 어두워진 다음을 뜻하지 않는다. 겨울이나 북쪽에 있는 나라들을 생각해 보기 바란다. 그렇다면 3~4개월 동안 잠을 자야 하니 다른 일은 아무것도 할 수 없을 것이다. 어느 곳에서 살든지 수면의 절반은 그날 안에 취하도록 해야 한다.

10시에 잠자리에 들어야 하는데도 12시까지 안 자고 있다가, 이튿날 아침 날이 밝은 뒤까지 자는 것은 정말 비경제적인 행동이다. 이런 습관을 50년 동안 계속 유지한다면 당연히 그만큼 광열비가 더 들게 된다. 한 사람 한 사람을 놓고 본다면 대단한 비용이 아닐지 모르겠지만, 여럿 모아놓는다면 어마어마한 금액이 될 것이다. 그러므로 한 사람 한 사람이 절약할 만한 가치가 있다.

게다가 늦게 자고 늦게 일어나면 건강과 체력의 손실이 헤아릴 수 없을 만큼 커서 돈보다 훨씬 중요한 것을 잃게 될 것이다.

다시 한 번 말하지만, 수면은 12시 이전의 1시간이 아침 1시간보다 가치가 있다. 아침에는 수면 효과가 떨어지기 때문에 아침잠으로 밤잠과 같은 정도의 휴식을 취하려면 상당히 오랜 시간 자야만 한다.

12시에 자서 9시에 일어나는 사람은 10시에 자서 6시에 일어나는 사람보다 1시간 더 많이 잔다. 그러나 휴식의 양은 오히려 적다. 그렇다면 하루에 1시간 손해를 보는 셈이다.

손실은 그것뿐만이 아니다. 청년에게 있어서나 노인에게 있어서나 시간은 정신적 계발을 위해서도 값어치를 매길 수 없을 만큼 귀중하다.

나폴레옹이 되고 싶다면

그렇다면 필요 이상으로 잠을 많이 자는 경우는 어떨까? 하루 1시간 더 많이 자면 그 두 배로 낭비하는 셈이다.

어쩌면 당신도 상당한 시간을 낭비하고 있을지도 모른다. 필요한 것은 졸고 있는 마음의 눈을 깨우고 어리석은 습관을 버리는 일이다.

나폴레옹은 다른 나라에 침공해서 그 나라의 황제를 퇴위시켰다. 그러기 위해 그는 하루에 4시간밖에 자지 않았지만 누구도 따라 할 수 없을 정도로 머리와 몸을 효율적으로 사용했다.

훌륭한 일을 한 인물 중에 하루 6시간 이상 잔다는 것은 생각조차 해본 적이 없었던 사람들도 상당히 많을 것이다. 그런데 보통 사람들은 8시간을 자고 나서도 아직 부족하다고 말하곤 한다.

나폴레옹처럼 되고 싶다면(그렇다고 해서 다른 나라를 정복하라는 것이 아니라 자기 자신을 극복하여 커다란 명예를 얻으라는 말이다) 필요한 조치를 취해야만 한다. 힘든 일은 아니지만 약간의 용기가 필요하다. 그러나 다른 사람이 해냈던 일이니 우리도 할 수 있다.

그렇다고 해서 왕국을 정복하거나 수상이 되라는 말은 아니며, 그럴 필요도 없다. 다만 자기 자신과의 싸움에서 승리하는 것이 중요하다. 그것은 나폴레옹이나 시저, 알렉산더 대왕이 이룬 것보다도 훨씬 귀중한 승리다. 정신적인 힘은 폭력보다 뛰어나기 때문이다.

윗사람을
사랑하라

●

　　　젊은 사람이 부모님이나 윗사람에게 충실한 것은 뿌듯한 일이다. 이 점에 대해 오해하는 사람들이 많은 듯하다.

　실제로 어떻게 하는지는 상관없이 누구나 부모님께 효도해야 한다고 생각한다. 또 상사에 대해서도 그 앞에서는 충실하게 행동하는 것이 예의라고 알고 있다.

　그런데 자세히 관찰해 보면 지켜보는 사람이 없을 때는 좋지 않은 행동도 서슴없이 행한다. 이처럼 불성실한 행동을 하는 사람이 있다는 사실은 결코 가볍게 여길 일이 아니다.

회사의 재산을 내 것처럼 사랑하라

회사에 성의를 다한다는 말은 일 이상의 의미를 포함하고 있다.

물론 일하는 것은 당연한 의무이다. 그러나 그 수준에 머물지 말고 회사나 상사에게 애정을 가져야 한다. 그리고 회사의 사업과 재산 모두를 자신의 것처럼 지키기 바란다. 자신에게 득이 될 때만 절약하거나 근면하고 인내하는 사람은 이상적인 청년의 모습과는 거리가 멀다.

그런 사람들은 "회사에 성의를 다해 봤자 무슨 득이 있다는 거지?"라며 자신의 태도를 정당화한다. 정해진 시간 내에 주어진 일은 하지만 그 외에는 자신의 편안함이나 이익을 위해서가 아니면 손가락 하나 움직이려 들지 않는다.

금이 간 벽을 수리하는 정도는 조금만 시간을 들이면 할 수 있다. 그러나 그 단순한 일이 회사의 재산을 지켜준다. 그런데 그런 일을 등한시하는 것이다.

어지러이 널려 있는 물건을 정리하거나 영수증을 정리하거나 하는 일은 시간적으로나 경제적으로나 회사에 커다란 도움이 되는 일이다. 이렇게 성실함은 작은 일도 크게 도움이 된다.

자신이 손해 보지 않기 위해서 그 정도 일은 할 수 있을 것이다. 그렇다면 회사를 위해서도 그렇게 해보는 것은 어떨까?

자신에게는 아무런 득도 되지 않는다는 핑계로 일을 게을리 하거나 적당히 처리하는 사람에게는 다음과 같은 이야기를 들려주고 싶다.

인도의 마라타라는 나라에 왕자가 있었다. 어느 날 왕궁 안을 거닐고 있자니 젊은 하인 하나가 주인의 신발을 가슴에 꼭 끌어안은 채 잠들어 있는 모습이 눈에 들어왔다. 왕자는 그 모습에 크게 감명을 받았다. 그리고 작은 일에도 그만큼 신경 쓰는 사람이라면 큰 일을 맡겨도 틀림없이 최선을 다할 것이라 판단하고 그 자리에서 젊은이를 친위대로 삼았다.

머지않아 왕자의 판단이 옳았음이 드러났다. 그는 탄탄대로를 달리듯 승진하여 결국 마라타에서 가장 뛰어난 군사령관이 되었다. 그리고 그의 이름은 인도 전역으로 퍼져 나갔다.

합리적인
습관을
들이는법

2

우리는 이 세상에
두 번 태어난다.
한 번은 존재하기 위해,
두 번째는 살기 위해서다.

소박한 음식이
건강을 부른다

　　　　　무슨 일이든 절제하라는 말은 훌륭한 교훈이자
매우 근거 있는 이야기이기도 하다.

　폭음, 폭식은 인간의 품성을 떨어뜨리는 나쁜 버릇이다. 그런 버
릇에 빠져드는 사람은 안타깝게도 충고조차 받아들이지 않는다.
이 혐오스러운 습관 때문에 고민하는 사람에게는 다음과 같은 성
경 구절을 읽어보라고 권하고 싶다.

　신은 방탕한 아들을 가진 부모에게 이렇게 명령했다.

　"그 아들을 마을의 장로에게 데리고 가서 '제 아들은 부모의 뜻에
　따르지 않으며, 무조건 먹고 마시는 생활에 빠져 있습니다'라고
　알리라. 그러면 장로들이 돌을 던져 아들을 죽일 것이다."

이처럼 이 죄가 얼마나 나쁜지를 알 수 있다.

폭식, 폭음과는 상관이 없는 것처럼 보이는 애주가나 미식가도 비난 받아야 한다. 사실 더 많이 비난 받아야 하는데, 이들은 조금도 나쁘지 않다고 생각하는 경우가 많기 때문이다. 그리고 오히려 음식 취향이 세련됐다고 자랑하는 사람들이 많다. 그들은 음식물에 대해 많이 생각하는 것을 조금도 부끄러워하지 않는다.

한 신부는 다음과 같이 말했다.

"고기나 술의 질이나 양이 문제가 아니다. 그와 같은 것에 탐닉하는 마음을 힐책해야 한다."

즉, 생리적으로 필요한 양보다 넘치게 음식에 집착하고 탐하며, 식사를 즐기기 위해 일이나 의무를 소홀히 하는 태도가 좋지 않다고 말하는 것이다.

그러나 먹을 것의 질이나 양도 문제가 될 것이다. 사치스럽게 먹고 마시고 싶어 하는 마음가짐이 어른들에게 바람직하지 않다고 한다면 젊은이들에게는 한층 더 좋지 않다. 미식의 습관을 가진 사람은 이미 파멸하기 시작한 것이다.

미식의 습관을 경계하라

사기나 도둑질, 폭력 등과 같이 형무소 신세를 져야 하는 행동을 하지 말라는 얘기가 아니다. 또한 비난 받을 만한 반도덕적 행위를 하지 말라는 얘기도 아니다. 일반적으로는 감탄의 대상이 되기까지 하는 미식의 습관에 대해 경고하는 것이다. 미식은 인간의 행복을 파괴하는 습관이다. 그러므로 그런 습관에 물들지 않도록 어릴 때부터 주의를 기울일 필요가 있다.

미식을 즐기는 데는 돈이 든다. 재료도 비싸며 요리를 하려면 더 많은 돈이 든다. 한 사람의 식욕을 만족시키기 위해 한 사람 이상 들러붙어야 한다는 것은 굉장한 손실이다. 몇 명의 미각을 만족시키는 데만도 상당한 양의 재료, 요리 도구, 부엌이 필요하다. 그뿐만이 아니다. 소비되는 시간도 생각하지 않을 수 없다.

한 영국 작가는 다음과 같이 말했다.

> 몇 년 전에 필기하는 일을 하겠다며 한 청년이 저를 찾아왔습니다. 그는 필기 업무를 하는 데 매우 적합한 사람으로 보였습니다. 이야기가 끝나고 난 뒤, 저는 그에게 자리에 앉아 일을 시작하라고 했습니다. 그런데 그는 창을 통해 교회의 시계를 보더니 당황한 듯한 표정으로 "이러고 있을 수가 없습니다. 식사를 하러 가야 하니"라고 말하지 않겠습니까?
>
> 그래서 저는 "식사를 하러 가셔야 합니까? 그렇군요. 식사가 더 중요하다고 생각하신다면 그 일을 하러 가십시오. 그런 마음을

갖고 계신다면 저희는 함께 일을 할 수 없겠습니다"라고 말하고 그를 내보냈습니다.

그 청년은 실직 상태에 있었기 때문에 굉장히 어려움을 겪고 있었습니다. 그런데도 일자리가 정해지자마자 먹고 마시기 위해 그 일을 내팽개치고 말았습니다. 식사는 서너 시간 뒤에 해도 상관없었을 텐데.

이 이야기는 상황에 따라 사소한 일은 참아야 하는데 그렇지 못하는 것이 얼마나 어리석은가를 가르쳐주고 있습니다.

너무 많이 먹어도 죽는다

술을 마시지 못하는 사람은 못난이 소리를 듣지만 내가 보기에는 가장 환영 받을 만한 손님이다. 내가 인색해서 이런 소리를 하는 게 아니다. 술을 마시지 못하는 사람은 그렇게 손이 많이 가지도 않고, 어떻게 기분을 맞춰줘야 하는지 걱정하지 않아도 되며, 방해가 될 정도로 오래 머물지도 않고, 무엇보다도 주위 사람들이 과음하지 않게 된다.

그에 비해 술꾼이라는 꼬리표가 붙은 손님은 가벼운 마음으로 초대할 수가 없다. 그런 손님을 대접하려면 힘이 든다. 누구도 기꺼이 초대하고 싶다고 생각지 않기 때문에 '술꾼에다가 미식가'라 불리는 사람들은 홀로 남아 쓸쓸하게 자신의 돈으로 식사하게 된다.

이 세상에서 무엇보다도 가장 중요한 것은 건강이다. 건강하지 않다면 어떤 일에서도 가치를 발견할 수가 없다. 그러므로 건강을 위해 과식, 과음을 자제해야 할 뿐만 아니라 미식이라는 습관도 들여서는 안 된다.

다음에 소개하는 교훈을 젊은이들이 되풀이해서 읽었으면 하는 바람이다.

나온 음식은 얌전하게 먹을 것. 걸신들린 듯 먹으면 사람들이 싫어한다. 여러 사람들과 먹을 때는 먼저 음식을 집어서는 안 된다.

예의범절을 잘 배운 사람은 적은 음식으로도 충분히 만족한다. 포만감을 느끼기 직전에 식사를 멈춰야만 건강히 잠을 잘 수 있다. 이것을 지키는 사람은 아침에 기분 좋게 잠에서 깨어날 수가 있다.

고기는 너무 많이 먹으면 병의 원인이 된다. 또한 과식하면 쉽게 화를 내게 된다. 폭음, 폭식 때문에 죽은 사람들도 많다. 적절한 식사는 수명을 연장시켜 준다. 과시하기 위해 술을 많이 마셔서는 안 된다. 술 때문에 죽은 사람들도 많다.

이 교훈은 진실만을 말하고 있다. 언제나 기억하기 바란다.

소박하게, 그러나 여유 있게

조금 괴팍하기는 하지만 굉장한 노력가로 알려진 한 사람이 다음과 같이 말했다.

나처럼 많은 일을 해낸 사람이 또 있을까?

내가 그처럼 많은 일을 할 수 있었던 것은 미식에 흥미가 없었다는 사실과도 무관하지가 않다네. 아직 어린 아들과 서기만을 데리고 시골에 있는 가족과 헤어져 도시에 살았을 적에는 몇 주 동안이나 양의 다리만 먹은 적도 있었지. 첫날은 양의 다리를 삶거나 구워서 먹고, 둘째 날은 차갑게, 셋째 날은 고기를 저며서 먹었지. 다음 날부터는 다시 삶거나 구워 먹고.

혼자서 생활할 때면 나는 언제나 이런 식으로 해왔네. 매일 똑같은 음식을 먹거나 며칠을 주기로 몇 가지 요리법을 반복하면서 매일 똑같은 시간에 식사를 했네.

그리고 식사 중에 쓸데없는 말은 하지 않았네. 이렇게 해왔기 때문에 나는 지금까지 세 끼의 식사를 합쳐 하루에 35분 이상 식탁에 앉아 있었던 적이 없었어.

나는 신선하고 청결한 음식을 좋아하고, 또 그런 것들을 먹으려 신경을 쓰고 있지. 어쨌든 먹을 것은 몸에 좋고 청결하기만 하면 충분하다네. 입맛에 맞지 않다면 먹지 않으면 그만이지. 그런 불만을 가진 사람들은 언제까지고 주린 배를 움켜쥐고 있으면 돼.

나는 독자들에게 양고기를 권하는 것이 아니며, 모든 사람들이 그 사람처럼 살기를 바라는 것도 아니다. 그러나 한가지 생각해 볼 만한 점은 있다. 근면하기로 유명한 그 사람의 말을 믿는다면 미식과 같은 식습관은 건강과 행복을 위해 필요 불가결한 것이 아니라는 사실이 있다.

반대로 받아들이기 어려운 점도 있다. 나는 그 사람이 말한 것처럼 밥을 빨리 먹는 것은 좋지 않다고 생각한다.

어떤 상인은 이렇게 말했다.

"상대방에게 실례만 되지 않는다면 나는 포만감을 느끼기 전에 식사를 마치겠다고 생각한다."

이런 생각을 가지고 있는 사람도 마음만 먹으면 5분 안에 식사를 마칠 수 있을 것이다. 그러나 그것은 음식을 삼키는 것이지 먹는다고 하기는 어렵다. 그런 식으로 먹는다면 이와 침은 쓸데가 없다.

음식을 5분이나 10분 만에 들이붓는 습관은 일을 열심히 하는 사람이나 노동자들 사이에서는 당연한 일이 되어버린 듯하다. 그런 습관은 결코 건강이나 품위나 경제에도 도움이 되지 못한다.

식사를 위해 쓰는 시간이 하루에 35분밖에 되지 않는다면 1시간 정도는 식사를 위해 쓰도록 해야 한다. 그렇게 하면 이와 침도 본래의 기능을 다할 수 있게 된다.

당분간은 몸을 속일 수 있을지 모르겠지만, 급히 먹는 습관의 대가는 머지않아 치르게 될 것이다. 밥을 빨리 먹는 습관을 가진 사람에게는 위나 간장의 기능 장애, 통풍, 류머티즘 등과 같이 부담스러운 청구서가 돌아오는 경우도 있다. 그렇게 되면 절약한 시간보다 훨씬 많은 시간을 잃게 될 것이다.

식사 중에 말하지 않는 게 좋다는 생각에는 프랭클린과 같은 현자도 동의했지만 나는 좋지 않은 습관이라고 생각한다.

나는 식당에서 모두들 식사하는 동안 책을 낭독해서 들려주는 일을 자랑스럽게 여기는 학생을 알고 있다. 그러나 그것은 커다란 착각이다. 그런 행동은 아무런 득도 되지 않는다. 아니, 오히려 잃는 것이 훨씬 많다.

활을 당기고만 있으면 반드시 부러지고 만다. 마음도 역시 언제나 긴장하고 있을 수는 없다. 몸과 마음은 편안히 쉴 시간이 필요하며, 또 스스로 편안해지려 하는 법이다.

필요 이상으로 식사에 시간을 들일 필요는 없지만, 꼭꼭 씹어 먹는 여유는 필요하다.

물이 최고다

이번 항목을 마무리짓기 전에 한가지 더 권하고 싶은 것이 있다. 홍차나 커피 마시기를 그만두라는 것이다. 경험을 통해 알게 된 사실인데 홍차나 커피는 건강에 좋지 않다. 금주, 절식, 일찍 일어나기를 실천해도 홍차나 커피를 끊기 전까지는 건강해지지 못했다.

다른 것은 몰라도 홍차, 커피, 수프, 술과 같은 음료를 매일 1~2리터씩 마시면 건강에 큰 문제가 생기게 된다.

자연이 마련해 준 순수한 음료인 물만 마시는 것은 매우 바람직하다. 건강한 사람은 물이면 충분하다. 다른 음료는 필요없다. 물이 최고의 음료인 것이다.

결론적으로 먹을 것, 마실 것은 대게 소박한 것을 주로 섭취 해야 한다.

조금 전에 말한 것처럼 인간의 유일한 음료는 물이지만, 생명을 유지하는 데 필요한 먹을 것에는 여러 가지가 있다. 그중에서 여러 사람의 경험과 자신의 경험을 통해 가장 도움이 되는 것을 고를 권리가 있다. 인간은 어떤 것을 먹든 살아갈 수 있지만, 그중에서 적극적으로 선택해서 먹어야 한다.

자신에게 유익하다고 믿으면 처음에는 싫어하던 것도 좋아지는 법이다. 따라서 식습관은 빨리 들여야 한다. 단, 다음 두 가지를 언제나 염두에 두기 바란다.

1. 한 번의 식사에 너무 많은 종류의 음식을 준비하지 않는 것이 좋다. 아무리 몸에 좋은 것이어도 입에 대지 않는다면 아무 쓸모도 없기 때문이다.

2. 식사를 통해 기운을 회복하는 데 필요한 시간 말고는 단 1분도 허비해서는 안 된다. 음식을 잘 씹기만 하면 되는 것이다. 위가 거북하거나 정신이 멍해지거나 배탈이 날 것 같다면 그것은 이미 안전선을 넘어선 것이다.

아침 몇 분이
하루의 승패를 가름한다

●

아침에 일찍 일어나는 것이 얼마나 중요한가에 대해서는 앞서 말한 바 있지만 아침의 습관에 대해 조금 더 해두고 싶은 말이 있다. 이와 같은 습관은 일단 몸에 배면 웬만해서는 무너지지 않는다.

아침에 일어나면 무엇보다도 먼저 그날의 일을 예측해야 한다. 급박한 사태가 일어날지도 모른다는 사실도 염두에 둘 필요가 있다.

일에 성공한 사람은 누구나 아침에 일찍 일어나 그날의 계획을 세운다. 큰 성공을 거둔 사람 중에는 해 뜨기 전에 일어나서 그날 계획을 세우는 것을 습관으로 삼은 사람들이 많다. 내가 친하게 지내는 사람 중에도 이것을 1년 내내 실천하는 사람이 있다.

찬물로 면도하라

거울은 적당한 곳에 있으면 편리하다. 그 외에는 다른 물건이나 마찬가지로 없어서는 안 될 물건은 아니다. 오히려 거울에 너무 매달리는 것이 아닌가 하는 생각이 들 정도이다. 자신의 얼굴을 바라보며 헛되이 시간을 보내는 것만큼 어리석은 짓도 없다.

이런 일은 사소한 문제처럼 보일지 모르지만 매일 하는 일이니 아무래도 상관없다고는 할 수 없다.

옷을 입거나 수염을 깎는 것이 1년에 한 번 혹은 1달에 한 번뿐이라면 얘기는 달라지겠지만 매일 거를 수 없는 일이다. 그런데 단 5분이면 끝날 일을 30분 넘게 시간을 들이는 경우가 있다. 15분은 활동하는 시간의 약 50분의 1에 해당하니까 30분 넘게 몸단장에 시간을 들이는 것은 실제로는 큰 문제이다.

어떤 사람이 친구에게 이런 질문을 받았다.

"당신은 아들에게 라틴어를 가르칠 생각입니까?"

"아니오, 그보다 훨씬 더 도움이 되는 것을 가르쳐줄 생각입니다."

"대체 어떤 것입니까?"

"차가운 물로 거울 없이 면도할 수 있도록 하는 것입니다."

웃을지도 모르지만 이것이 매우 유익한 습관이라고 생각하는 사람이 생각보다 많다. 오랫동안 이것을 실행해 온 어떤 사람은 다음과 같이 말했다.

면도와 같은 일상적인 일을 하는 데 어떤 불편한 점이 있는지 생각해 보자.

우선 더운 물이 있어야 한다. 그 때문에 물을 끓이려면 가스에 불을 붙여야 한다. 일은 당연히 뒷전으로 미루게 된다. 옷을 갈아입는 것도 큰일이다. 그렇게 하지 않으면 하루 종일 추레한 차림으로 지내야 한다. 매일 이 일을 반복해야 하는데, 그렇게 하지 않으면 청결을 유지할 수가 없기 때문이다.

여행지라면 숙소의 형편에 따라 준비가 갖춰질 때까지 기다렸다가 출발할 수밖에 없다. 여행하기에 좋은 시간은 출발 준비를 마치기도 전에 지나버리고 만다. 적당한 시각에 목적지에 도착하지 못하거나 목적지에 도착하기도 전에 날이 저물어 커다란 불편을 겪게 된다.

그 모든 것이 면도라는 하찮은 일 때문이다. 그런 일로 우물쭈물한 탓에 얼마나 많은 일을 망쳐버리고 말았는가?

여행지에서뿐만 아니라 매일 이처럼 하찮은 일 때문에 많은 시간을 헛되이 낭비하는 것이다.

외출 직전이 되어서야 아직 면도도 하지 않았고 옷도 갈아입지 않았으니 나갈 수 없다거나, 물이 끓을 때까지 수염을 깎지 않겠다고 해서는 안 된다. 면도와 옷 갈아입기는 미리 마쳐서 언제나 바로 행동할 수 있도록 해야 한다. 그러기 위해서는 젊었을 때부터 몸단장에 시간을 많이 쓰지 않도록 습관을 들여 철저히 지켜야 한다.

작은 습관이 모두를 행복하게 한다

자신의 성공이 진실하고 건강한 생활 습관 덕분이라고 말하는 사람이 있다. 그런 습관이 없었다면 제아무리 성실하고 사려 깊고 절도를 지키더라도 그렇게까지는 성공할 수 없었을 것이라는 말이다. 군대 생활을 체험한 사람의 말을 들어보자.

내가 군대에서 매우 빨리 승급할 수 있었던 것은 무엇보다 일찍 일어나는 습관이 있었고 시간을 절약했기 때문이다.

나는 언제나 행동할 수 있는 태세를 갖추고 있었다. 10시에 보초를 서야 할 때면 9시에는 준비를 마쳤다. 덕분에 단 1분도 다른 사람을 기다리게 하거나 늦은 적이 없었다.

20살 전에 하사에서 특무 상사가 되었고 30살 전에는 상사 보다

지위가 높아졌다. 당연히 다른 사람들의 질투나 시기를 살 만했지만, 일찍 일어나는 습관 덕분에 그런 적이 한 번도 없었다.

내가 특무 상사가 되기 전까지는 사무관이 연대의 아침 보고서를 써야 했지만, 나는 그것을 폐지했다. 다른 사람들이 행진 준비를 갖추기도 전에 나는 이미 아침 일을 전부 마쳤으며, 날씨가 좋은 날에는 나도 1시간 정도 행진에 참가했다.

나의 습관은 다음과 같았다.

여름에는 동이 트자마자, 겨울에는 4시에 일어나 면도를 하고 옷을 갈아입고 어깨에는 검대劍帶까지 찼다. 그리고 책상 위에 검을 두어서 언제라도 차고 나갈 수 있도록 해두었다. 그런 다음 빵과 치즈나 고기를 먹었다.

그 다음에 보고서를 썼다. 부하가 자료를 가져오면 바로 기입 했다. 그 일이 끝나면 1, 2시간 정도 책을 읽을 여유가 생겼다. 그 후에는 연대가 아침 훈련을 나가야 하는 날을 제외하면 야외 임무를 수행해야 할 시간이다. 내가 아침 훈련을 지휘해야 하는 날이면 언제나 아침 햇살에 총검이 반짝이는 시간을 골랐다. 그 광경을 바라보는 것은 실로 즐거운 일이었다. 지금 생각해 봐도 그 멋진 광경은 말로 표현할 수 없을 정도이다.

대부분 장교가 외출하는 것은 8시나 10시였는데, 낮 동안 땀을 흘리다 저녁 식사를 준비할 시간이 되면 갑자기 돌아왔다. 그런 일들이 모든 사람들의 일상을 무너트려 모두가 불쾌해했다.

내가 사령관이 되자 부하들은 하루의 대부분을 한가로이 지내게 되었다. 그리고 마을이나 숲으로 나갔다. 나무딸기를 따는 사람, 새를 잡는 사람, 물고기를 낚는 사람 등 여러 가지 놀이를 즐기고 있는 듯했다. 어떤 사람은 원하는 기술을 익히느라 분주했다. 한 젊은이가 일찍 일어나는 습관을 가지고 있었을 뿐인데, 많은 사람들이 이처럼 기분 좋고 즐거운 하루를 보낼 수 있게 되었던 것이다.

앞서 말한 대로 찬물을 사용하는 습관을 생활 신조로 삼고 있다는 말을 들으면 나도 몇 년 전까지는 폭소를 터트리곤 했다. 그런데 존경하는 친구가 차가운 물로 면도하고 있으며 그것이 얼마나 합리적인가를 끊임없이 들려주어서 나도 시험해 보았다. 그 결과 예전처럼 더운 물이 없으면 면도를 하지 못하는 습관은 두 번 다시 되풀이하지 않겠다고 결심하게 되었다.

얼마 전 한 건강 잡지에 차가운 물이 더운 물보다 건강에 훨씬 좋다는 기사가 실린 적이 있었다. 그렇게까지는 단언할 수 없지만, 어쨌든 어떤 물을 써도 그다지 차이는 없다고 생각한다. 단, 면도를 하자마자 찬 공기를 쐬야 하는 경우에는 더운 물을 썼을 때 피부가 거칠어지기 쉽다. 그리고 더운 물을 쓰면 피부에 발진이 더 잘 생기는 듯하다.

　매일은 아니지만 때로는 나도 거울 없이 면도한다. 거울은 편리한 것이기는 하지만 거울에 구애받는 일은 없도록 하겠다고 결심했기 때문이다.

가난을
부끄러워하지 말라

●

다윈은 가난을 두려워하는 것이 일종의 병이라고 보고 그 치료법을 공개했다.

요즘 사회에서 극심한 가난은 거의 존재하지 않는다. 가난한 사람이라도 실제로는 영양가 있는 식사와 쾌적한 의복을 충분히 누리는 경우가 대부분이다. 아무리 부자여도 그 이상 무엇이 필요하단 말인가? 가난은 현실이라기보다는 오히려 상상력의 산물이다. 남들이 가난한 사람으로 보는 것을 창피해하는 일 자체가 더 크고 치명적인 약점이다.

가난을 두려워하면 가난해진다

가난을 부끄러운 것이라 여기는 현상은 현대의 풍조 때문이다.

'훌륭한 사람'이 부자를 가리키는 말이라고 인식되는 한, 실제보다 부자로 보이고 싶어 하는 것은 이상한 일이 아니다. 부자들은 대접 받고 가난한 사람들은 무시당한다. 부자라는 이유만으로 존경 받고 찬미의 대상이 되는 것이 지금의 실정이니, 남들에게 가난하게 보이는 게 부끄러운 것은 어쩌면 당연한 일이다.

그러나 그러한 감정이야말로 젊은이들이 인생에 발걸음을 내디딜 때 만나게 되는 가장 커다란 위험 중 하나이다. 그런 감정 때문에 금전적으로 파산하는 예는 헤아릴 수 없을 정도로 많다.

민주주의 사회의 가장 좋은 점은 사람들이 자신의 재산이나 가난을 자랑하거나 숨기지 않고 솔직하게 이야기할 수 있다는 것이다. 가난한 사람이라고 해서 멀리하거나, 부자라고 해서 호의적으로 대하지 않는다는 말이다.

사람들이 가난하게 보이는 것을 부끄러운 일이라고 생각하게 되면 가난을 감추기 위해 끝없이 무리하게 된다. 고급 자가용, 가구, 식기, 의복…… 한도 끝도 없다. 만찬회와 파티도 열어야 한다. 즐거워서 그런 일들을 하는 것이 아니라 그렇게 하지 않으면 돈이 없는 사람으로 볼까 봐 두려워서 하는 것이다.

이런 식으로 매해 많은 사람들이 진짜 가난뱅이가 되어버린다. 주위를 잘 둘러보면 사실임을 알 수 있을 것이다.

열심히 일하고도 가난을 두려워하는 마음 때문에 오히려 가난해진 예는 얼마든지 찾아볼 수 있다. 이처럼 잘못된 수치심에는 처음부터 도전하여 맞서야 한다. 그와 같은 확고한 태도가 마음의 평정을 얻는 기초가 되는 법이다.

체면 때문에 빚을 지지 마라

지금도 체면을 유지하는 데 혈안이 된 사람이 많다. 그것이 자신을 불행하게 만든다는 사실을 스스로도 느끼고는 있다. 그러나 삶의 방식을 바꾸는 것은 수전노가 돈 모으기를 그만두는 것이나 마찬가지로 있을 수 없는 일이다.

요즘은 술을 즐기는 것이 생활 수준의 척도나 생활의 기본이라고들 한다. 이런 생각을 없애는 것이 선결 과제이다. 그럴 수 있다면 다른 문제도 해결되어 원래의 생활 수준으로 돌아갈 수 있다.

한 잔의 와인이지만 그것이 전부를 의미하기도 한다. 와인 때문에 그 외의 쓸데없는 지출이 생겨나기 때문이다.

건강에도 좋지 않다. 그야말로 독이다. 와인에는 알코올 성분이 포함되어 있으며, 그보다 독한 술은 더 나쁘다는 것은 말할 필요도 없다. 병의 여러 원인 중에서도 가장 문제가 되는 것이 알코올 음료이다. 그리고 진한 홍차나 커피도 술만큼이나 좋지 않다.

이처럼 나쁜 음료는 좋지 않은데, 꼭 좋아서 마시는 것만은 아니다. 단순한 과시욕에서, 그러니까 고지식한 사람이나 인색한 사람으로 보이지 않기 위해서 마시는 것이다.

이렇게 말하는 동안에도 많은 가정에서 물 외에 매일 몇 종류의 술을 마시고 있을 것이다. 그 이유는 물만 마시면 품위 있다고 여겨지지 않거나 가난하다고 여겨지기 때문이다.

이처럼 가난해진 원인이 때로는 이른바 훌륭한 생활 그 자체 때문인 경우도 있다. 어리석은 행동이나 무분별 때문에 가난해지는 사람에 비하면 소수에 불과하지만, 그래도 상당한 숫자에 이른다.

가난한 사람을 경멸하는 것도, 부자라는 이유만으로 존경하는 것도 모두 잘못이다. 그 사람의 행동을 보고 공정하게 인물을 평가하는 것, 그 평가에 따라 사람을 존경하기도 하고 경멸하기도 하는 것이 올바른 태도이다.

사람들이 이상할 정도로 체면을 지키려 노력하는 것은 가난을 두려워하기 때문이다. 그것도 생활비가 부족하다거나 보기 흉하지 않을 정도의 생활을 하는 데 필요한 돈이 없을 정도의 가난을 말하는 것이 아니다. 남들에게 가난한 것처럼 보이기 싫다, 세상에 가난을 알리고 싶지 않다, 다시 말하자면 사회적으로 하층 계급으로 취급받기 싫다는 마음을 말하는 것이다.

생각해 보면 가난 때문에 자살까지 할 만한 이유가 있는가? 자신은 예전의 자신과 같은 몸, 같은 마음을 가진 인간이다. 입는 옷이나 먹는 음식이 바뀌었다고 해서 그것 때문에 자살해야만 하는 것일까? 그런 것들이 인간이 살아가는 목적의 전부일까?

그러므로 돈을 아끼고 절약해서 사용하며 수입 안에서만 돈을 써야 한다.

그러기 위한 방법 중 하나는 현금으로 물건을 구입하는 것이다. 즉, 시대의 풍조에 역행하는 한이 있더라도 결코 남에게 빚을 져서는 안 된다는 말이다.

더불어

사는

지혜

3

재능보다는
항상 용기를 지니는 것이
인생에서는 우선순위다.

인간은
혼자 살 수 없다

●

　　일반적인 습관이나 예절에 대해 얘기하지 않았
다고 해서 아무래도 상관없는 일이라고 생각해서는 안 된다. 우리
의 행복은 그런 것에 많이 좌우된다.

　사람은 이 세상에서 홀로 살아가는 것이 아니라 사람들 속에서
그들의 일원으로 살아간다. 한 사람 한 사람이 자기 나름대로 가치
관을 가질 권리가 있으며, 또한 그 권리를 주장한다는 사실을 명심
하지 않으면 안 된다. 나는 사소한 일이라고 생각했지만 다른 사람
은 나와 다른 생각을 갖고 있어 그 일을 중요시하는 경우도 있다.
예를 들어 인사하는 방법, 예절, 옷차림 등에서도 개인적인 가치관
의 차이가 드러나는 법이다.

　상대방의 안부를 물을 때나 편지를 쓸 때 사용하는 상투적인 인
사말이 있다. 그중에는 아무런 의미가 없는 말들도 많다.

　그러나 이야기를 중요한 내용으로 끌고 가기 위해서는 대화 첫

머리에 사용하는 사소한 말이나 인사말도 틀림없이 도움이 된다. 그와 같은 말들은 호의와 친밀감을 나타낸다. 같이 어우러져 살아가는 사람에게 인사도 제대로 하지 않는다면 상대방으로부터 신뢰를 얻을 수 없다. 사교적이지 못하다거나 이기적일 뿐만 아니라, 오만하다거나 대인기피증이 있다고 생각할지도 모를 일이다.

세상의 번거로움이 싫다며 피하는 사람들도 많은데, 그런 사람들은 경박한 대화만큼이나 경박한 세상의 일반적인 풍조에 시간을 빼앗기느니 고독하게 은둔 생활을 하는 것이 자신의 사명이라고까지 생각하고 있는 듯하다.

그러나 그것은 커다란 착각이다. 인류에 가장 크게 공헌한 사람들은 결코 그렇게 하지 않았다. 그들은 세상과 관계를 맺으며 세상을 개선하기 위해 노력했다. 대철학자들은 조금도 호감 가지 않는 타락한 태도를 지닌 사람들과 한자리에서 음식을 먹었다.

고독을 즐기는 것으로 잘 알려진 철학자는 다음과 같이 말했다.

인간은 황야에 은거하거나 올빼미처럼 숲에서 잠을 자서는 안 된다. 나는 제자들에게 세상에서 몸을 피하거나 군중을 피하는 식의 까다로운 행동을 해서는 안 된다고 진심으로 충고하겠다. 세상과 교제하면 도리를 아는 현명하고 사려 깊은 인간이 될 수 있으며, 즐거움과 교훈도 많이 얻을 수 있다. 어리석은 이야기를 참고 들으며, 잘못을 용서하고, 결점을 눈 감아주지 않으면 사회생활의 기쁨과 이득은 결코 누릴 수가 없다.

작은 일이 곧 큰일이다

인사와 마찬가지로 의복도 완전히 무시할 수 없다. 모자나 외투의 디자인이 정신력을 높이거나 건전한 마음을 함양시켜 주는 것은 아니다. 그러나 사람은 외모로 선입관을 갖게 되며, 첫인상은 좀처럼 지울 수 없다.

따라서 자신의 능력을 소중히 여기고 있다면 옷의 유행이나 종류도 가볍게 생각하지 않는 편이 좋다. 유행의 첨단에 서는 것도 좋지 않지만, 유행에 뒤쳐져서도 안 된다.

또 하나, 세상은 여러 가지 작은 것들이 모여서 이루어진 것이라는 사실을 기억해 둘 필요가 있다. 나는 "작은 일이 곧 큰일이다"라는 역설적인 표현을 매우 좋아한다. 이는 작은 것이 커다란 결과를 가져온다는 뜻으로, 진실을 매우 날카롭게 표현한 말이다.

물질계를 살펴봐도 어느 틈엔가 조그만 원인이 작용하여 매우 큰 결과를 낳는다. 자연을 새롭게 하는 것은 폭포나 홍수나 폭우가 아니라 산들바람이나 부드럽고 시원한 비나 이슬이다.

인생에서도 커다란 결과를 낳는 것은 조그만 일일 경우가 많다.

푼돈을 소중히 하는 사람이 부자가 된다. 푼돈을 우습게 여기면 부자가 될 수 없다.

입을 조심하여 예의에 어긋나는 말은 하지 않으려 하면 나쁜 말은 쓰지 않게 된다. 한 모금의 술에도 주정뱅이가 될 위험이 숨어 있으며, 불결한 생각에는 육욕의 포로가 될 위험성이 내포되어 있다.

그러나 제아무리 좋지 않은 행위라 할지라도 딱 한 번 우연히 하게 됐을 뿐 다른 일과는 아무 관계도 없다면, 사소한 잘못을 자주 반복하는 경우에 비해 몸이나 정신에 미치는 악영향은 적다고 할 수 있다. 조그만 과오를 일상적으로 저지르면 마음이 좋지 않은 행동에 익숙해진다. 다시 말해 마음이 병에 걸리는 것이다.

따라서 참으로 하찮은 일, 예를 들어 푼돈, 짧은 시간, 사소한 말, 의미 없는 행동 등에 대해서도 돌이킬 수 없는 과오를 저질러서는 안 된다.

조그만 일은 해를 끼치지 않는다고 생각하거나 자신만은 괜찮다고 생각하고 있는 사람들에 대해 한 금주주의자가 다음과 같이 말했다.

"자신에게 불안해하지 않는 사람에게 불안함을 느낀다."

나는 이 말을 인정하지 않을 수 없다.

감정적으로
행동하지 마라

●

인간이 타고난 성격은 참으로 천차만별이다. 걸핏하면 화를 내는 사람이 있는가 하면, 그렇지 않은 사람도 있다. 그러나 그러한 성질도 습관에 따라 바뀌곤 한다.

화를 잘 내는 성격이라면 화를 낼 때 어떤 일을 먼저 하는지 주의 깊게 반성해 볼 일이다. 선천적으로 온화한 성격을 타고난 사람은 무던한 태도로 말하고 행동할 수가 있다.

불행이 닥친 사람에게 "좋은 약이 될 거야"라고 말하거나, 형을 언도받은 범죄자에 대해 "벌을 받는 것이 당연한 일이다"라고 말한 적은 없었는가? 죄인이 처형을 받은 사실을 알고 "이제야 교수형에 처했다니 말도 안 된다. 교수형을 받은 것만 해도 감지덕지다"라고 말한 적은 없었는가?

이런 말들을 성난 어조로 내뱉다 보면 자신도 모르는 사이에 습관이 되어 쉽게 화를 내는 사람이 되고 만다.

따라서 감정의 변화가 심한 사람은 부드럽고 온화하게 말하는 법을 배울 필요가 있다. 소리 높여 감정적으로 말하면 더욱 감정적으로 행동하게 된다.

큰 목소리로 말하지 마라

내가 안타깝게 생각하는 일이 있다면, 학교 수업 중에 아이들이 작은 동물을 죽이는 일이 허용되며 심지어 의무처럼 여겨진다는 사실이다. 게다가 아이들은 동물을 미워하는 마음까지 품은 채 죽이고 있다. 따라서 아이들은 나중에도 그런 동물들을 미워하게 된다. 기분 나쁘고 유해한 곤충이나 파충류라도 미워하는 마음을 품은 채 죽이게 되면, 자신에게 불쾌한 행동을 한 상대는 더욱 미워하게 된다.

다윈에 의하면, 불쾌한 일을 떠올리며 화를 낼 때의 몸짓이나 말을 흉내 내면 누구나 쉽게 화를 내게 된다고 한다. 나도 몇 번이고 실험해 봤는데, 참으로 옳은 말이었다.

자신이 화를 잘 낸다는 생각이 든다면 무슨 일이든 화를 내지 않고 넘길 수 있도록 연습해야 한다. 첫 번째로 할 일은 침착한 어투로 말하는 것이다. 한 퀘이커파 신도와 상인의 이야기가 도움이 될 것이다.

런던의 상인이 퀘이커파 신도인 한 신사와 거래를 한 후 결재에
관해 이야기를 나누고 있었다. 상인은 재판으로 시비를 가리려 했
지만 신사는 그렇게 하고 싶지가 않았다. 그래서 말로 상인의 잘못
을 일깨워주려 했다. 그런데 전혀 도움이 되지 않았다.

어느 날 아침, 퀘이커파 신도는 마지막으로 노력해 보려고 상인
의 집을 찾아갔다. 문에서 자신을 찾는 소리를 들은 상인은 계단
위에서 들으라는 듯 커다란 목소리로 말했다.

"그 몹쓸 녀석에게 집에 없다고 해!"

퀘이커파 신도가 상인을 올려다보며 조용히 말했다.

"친구여, 제발 진정하기 바라오."

그의 말이 한없이 부드러워서 오히려 놀란 상인은 좀 더 신중하
게 그 문제를 생각해 보기로 했다. 그 결과 자신이 틀렸으며 상대
방이 옳았다는 사실을 인정하게 되었다. 상인은 퀘이커파 신도에
게 자신의 잘못을 인정한 뒤 이렇게 물었다.

"당신께 한가지 여쭙고 싶은 것이 있습니다. 저의 험담과 욕설을
어떻게 참으실 수 있었습니까?"

그러자 퀘이커파 신도는 이렇게 대답했다.

"저는 원래 당신과 마찬가지로 급하고 화를 잘 내는 성격을 타고

났습니다. 하지만 그런 성격에 휘둘리는 것은 어리석은 짓이라고 생각합니다.

저는 감정적인 사람은 반드시 커다란 목소리로 이야기한다는 사실을 깨달았습니다. 그래서 목소리를 자제하면 감정도 자제할 수 있으리라고 생각하게 되었습니다. 그 후론 일정한 크기 이상으로는 말을 하지 않겠다고 결심했습니다. 그 결심을 주의 깊게 지킨 덕분에 제가 타고난 성격을 완전히 자제할 수 있게 되었습니다."

화가 나면 침묵하라

주위 사람 때문에 화가 날 것 같다면 잠시 그 일에 대해 생각하려 노력하기 바란다.

자신은 성격이 너무 급해서 도저히 그럴 수가 없다면, 시간을 벌 수 있는 수단을 강구하기 바란다. 그럴 때마다 스물이나 서른까지 천천히 세는 사람도 있다.

다음은 유명한 철학자의 일화이다.

그 철학자는 병을 앓고 있어서 벌컥 화를 내곤 했다. 어느 날, 러시아 황태자와 몇몇 부인이 병문안차 그를 찾았다. 때마침 화를 내고 있던 그는 몸을 일으켜 손님들에게 방에서 나가달라고 했다.

얼마 후 그가 자신의 경솔함을 후회할 무렵, 황태자가 다시 방으로 들어와 두런두런 일상적인 이야기를 하기 시작했다. 그런 다음에 그에게 다음과 같이 충고했다.

"다음에도 예의에 어긋나는 행동을 하게 될 것 같으면, 마음속으로 기도문을 되풀이해서 외우도록 하시오."

그는 충고를 받아들여 화를 억누를 수 있게 되었다.

얼마 지나지 않아, 이번에는 황태자가 그에게 충고를 얻으려 찾아왔다. 연인에 대한 격한 감정을 어떻게 해야 잘 다스릴 수 있을까 하는 것이었다. 그에 대해 철학자는 이렇게 대답했다.

"폐하께서 말씀하신 것보다 좋은 방법은 없습니다. 정열에 질 것 같을 때는 기도문을 외우시면 됩니다. 그렇게 하면 정열을 절도 있고 영원불변한 애정으로 바꾸실 수 있습니다."

다시 말해 생각하는 데 필요한 시간을 벌라는 것이다.

가령 누군가가 자신에 험담했다는 소문을 듣고 화가 났다고 치자. 그 사람이 그 자리에 없으니 소문의 진위를 확인할 길이 없다. 소문이 부분적으로는 사실이라도 화를 낼 정도의 일인지는 잘 생각해 보지 않으면 판단할 수 없다. 또 화를 내는 게 당연하다고 생각되는 경우라도 그런 말이나 행동을 한 사람은 잘못 생각한 것일지도 모르며 지금쯤은 후회하고 있을지도 모른다.

어떤 경우에라도 서둘러 움직이면 손해를 보게 된다. 그러므로 급할수록 돌아가야 한다. 심한 말을 들었더라도 화를 내지 말고 오히려 그런 말을 한 상대방을 가엾게 여겨야 한다. 화를 내는 것도 일종의 병이다. 하나의 병을 치료하기 위해서 또 다른 병에 걸리겠다고 하는 사람은 아무도 없을 것이다. 상대방이 화를 낸다고 자신도 화에 몸을 내맡겨 또 한 사람의 환자를 만들게 되면 상황은 조금도 좋아지지 않을 것이다. 자신도 상대방과 마찬가지로 불쾌함을 느끼게 되면 상대방의 병을 고칠 수 없지 않겠는가? 따라서 좋지 않은 감정에 휩싸이는 것은 참으로 어리석은 것이다.

이와 같은 이유에서, 욕을 먹었다고 욕을 되돌려주고 험담을 들었다고 같이 험담하는 것은 피해야 한다. 그것은 불에 기름을 붓는 것과 같다. 침묵을 지키거나 앞서 말한 퀘이커파 교도처럼 온화하게 말하는 것이 가장 좋은 대처법이다. 그리고 상대방에게 그 사람의 감정을 깨닫고 미안하게 느끼도록 하는 것이 마음의 병을 낫게 하는 대처법이다.

이렇게 생각해 보면, 싸움, 결투, 전쟁 등 온갖 폭력적인 행동이 참으로 어리석다는 사실을 쉽게 알 수 있다. 개인 혹은 국가가 과오를 범했다고 해서 다른 과오로 그것을 처단할 수 있을까? 하나뿐이었던 과오가 더 늘어나는 꼴이 되어버리지 않는가? 두 개의 과오 속에서 올바른 행동이 나올 리가 없다.

이미 저지른 과오 위에 그와 똑같은, 혹은 그것보다 더 큰 과오를 더하는 것과 침묵을 지켜 나쁜 일은 그대로 두는 것, 둘 중 어떤 것이 이성적인 태도일까?

겸허하게
행동하자

●

　　　　　수치를 안다면 나쁜 사람은 아니다. 그리고 누구
나 얌전한 모습을 보일 때도 있고, 뻔뻔한 모습을 보일 때도 있다.

　세상은 얌전한 사람을 칭찬하고 뻔뻔한 사람을 비난한다. 그러
나 내게는 두 사람 모두 좋게 보이지 않는다. 그 중간이 참된 겸허
이자, 어떤 경우에라도 칭찬할 만한 태도이다.

　우리는 현실을 받아들이지 않을 수 없다. 예를 들어 가게의 상품
을 팔려면 광고를 하거나 진열해 놓아야 한다. 게다가 세상으로부
터 인정을 받으려면 자기주장을 해야 한다. 단, 자신을 잘 살펴서
거짓 없는 참모습을 내보여야 한다.

　자기주장은 자기를 선전하는 일도, 겉모습을 꾸미는 일도 아니
고, 잘난 척하며 오만한 태도는 더더욱 아니다.

　풍부한 상식을 갖고 있으면서도 질문을 받으면 제대로 답하지
못하거나 상대방의 얼굴을 똑바로 쳐다보지 못하는 사람도 있다.

사람들의 웃음거리가 되고 싶지 않다는 생각 때문에 도리어 웃음거리가 되고 마는 것이다.

훌륭한 재능을 갖고 있으면서도 타인과 이야기를 나눌 때면 그 사람의 발끝밖에 보지 못하는 사람도 있다. 그리고 시선을 돌려 상대방의 등에 대고 이야기하는 사람도 있다.

지나치게 내성적이어서 손해를 본 사람은 정말 많다. 그러나 내성적으로 행동하지 말라고 말해 봐야 소용없는 일이다.

현실은 뜻대로는 돌아가지 않는 법이다. 따라서 있는 그대로 받아들여 좀 더 즐겁게 생활하는 것이 우리의 의무이다. 즐기려는 의지가 없는 사람은 즐길 수 없다. 분별력이 있고 세상 물정에 밝은 사람은 뻔뻔스러운 사람과 마찬가지로 자신의 권리를 주장하고 목표를 추구한다. 그러나 그의 행동은 언제나 겸허하다. 같은 일을 하더라도 거칠고 뻔뻔한 태도를 취하면 타인을 화나게 만든다. 그렇기 때문에 현명한 사람은 이렇게 말한다.

"세상 물정에 밝은 사람은 지나치게 얌전하게는 행동하지 않는다. 그리고 자신에 대해 잘 알고 있는 사람은 결코 뻔뻔하게 행동하지 않는다."

사람들 앞에 나서서 이야기할 장소에서 어리다고 말하지 않는다면, 별 볼일 없는 사람으로 여겨질지도 모른다. 그처럼 행동하지 않는 것이 좋다.

예의 바른
사람이 되려면

•

　　　　내성적인 사람보다 더 골치 아픈 것이 무례한 사
람이다. 그런 사람은 좋은 친구와 사귀며 예의를 배운 적이 없었던
것이리라.

　훌륭한 인물인데도 괴팍한 성격이어서 사람들이 싫어한 예는
얼마든지 찾아볼 수 있다. 일단 좋지 않은 선입관을 갖게 되면 그
것을 지우기란 그리 쉬운 일이 아니다. 좋지 않은 인상을 주지 않
기 위해서라도 예의범절을 중요하게 여겨야 한다.

　작은 일들을 사소한 것이라며 소홀히 여기는 사람들이 적지 않
다. 그러나 인생의 대부분은 작은 일들에 소비된다. 그러한 일에서
벗어날 수 없다면 짐으로 느끼지 말고 기분 좋게 맞서는 편이 좋지
않을까?

　흠잡을 데 없는 예의범절은 큰 도움이 되지만, 그만큼 자기 것으
로 만들기도 어렵다.

참된 예의범절을 익힌 사람은 결코 형식적으로 굴거나 쓸데없이 나서지 않는다. 반대로 지나치게 내성적이어서 어색하게 행동하는 일도 없다.

단정한 모습과 겉치레를 구별하지 못하고 혼동하는 것처럼 예의범절과 체면을 구별하지 못하는 사람도 적지 않다. 안타까운 일이다.

참된 예의범절은 상대방에게 존경심을 표현하는 기술이다. 예의는 양식에서 태어나며, 좋은 친구와 교제하면서 갈고닦게 된다. 이는 책을 통해 배우고 익힐 수 있는 지식이 아니며, 책에서 배우면 딱딱하고 거만한 태도를 취하게 된다.

원래 예의범절은 다른 사람을 보고 배우려는 태도에 의해 익힐 수 있는 것이다. 이런 습관이 정말로 몸에 배어 있는 사람은 거드름을 피우지도 잘난 척하지도 않는다. 그런 사람은 행동 하나하나에서 예의 바름을 엿볼 수 있는데, 꾸며낸 듯한 모습은 조금도 찾아볼 수가 없다. 다른 습관과 마찬가지로 예의범절도 실천하여 익힐 수 있는 것이다.

사람을 끌어들이는 태도나 품위 있는 행동은 선천적으로 타고나는 것이기 때문에 어떻게 해볼 도리가 없다. 그러나 친절하고 겸허하고 상냥한 태도로 남을 대하는 것은 누구나 할 수 있는 일이다.

타인과 이야기할 때는 친절한 마음을 담아 진심으로 상대방이 기뻐하기를 바라며 이야기를 나눠야 한다. 이런 일은 누구나 할 수 있다. 이런 식으로 이야기하면 표현법이 서툴더라도 괜찮다. 부자연스러운 상냥함이나 지나치게 스스럼없는 태도는 오히려 웃음거리가 된다.

예의범절의 기술

예의 바른 태도는 좋은 인상을 심어줄 뿐만 아니라 설득력까지도 갖춘다. 이런 태도는 사람의 행동거지와 용모까지도 아름답게 보이게 한다. 물론 꾸며낸 듯한 예의범절은 보기 싫다.

요컨대 예의범절이란 타인에게 좋은 느낌을 주려는 행동을 말하는 것이다. 쓸데없이 잔꾀를 부리지 않고 상대방을 배려하는 태도로 행동하면서 상대방이 나에게 신경을 쓰지 않도록 하는 것이다. 그리고 세상 모든 것이 자신을 중심으로 돌아가고 있다는 생각을 버리고, 자신을 커다란 기계의 부품으로 여겨 자신과 같은 사람들이 있고 혹은 자신보다 더 중요한 부품도 있다는 사실을 깨닫는 것이다.

그것은 이기심이나 허영심이나 교만함과는 정반대의 태도이다.

그러므로 상대방의 재력이나 지위와는 상관없이 누구에게나 예의 바르게 대해야 한다. 그러려면 경의를 표하면서도 상대방의 의견에 반론하는 기술과 아첨하지 않으면서도 상대방을 기쁘게 하는 기술을 알고 있어야 한다.

그렇다면 어떻게 해야 예의 바른 사람이 될 수 있을까? 간단한 주의사항을 살펴보자.

1. 장광설이나 거듭되는 수다로 상대방을 싫증나게 하지 말 것.

2. 반드시 상대방의 얼굴을 보며 이야기할 것. 상대방의 이야기를 들을 때도 그렇게 하는 것이 좋다.

3. 상대방의 이야기를 주의 깊게 들을 것. 남의 이야기를 주의 깊게 듣지 않는 사람은 경박하다. 또한 용납하기 어려운 무례한 행동으로, 상대방을 모욕하는 일이기도 하다. 이런 행동은 상대방의 이야기는 들을 가치도 없다고 말하는 것과 같다.

4. 상대방이 한마디 할 때마다 말을 자르거나 헛기침을 해서 이야기를 방해하지 말 것. "그렇군요"라거나 "그렇습니까?"라는 등의 말을 되풀이하는 것은 쓸모없는 일이다. 말이나 동작으로 가끔 동의하기만 하면 된다. 맞장구를 쳐서 동의를 표하는 행동도 너무 자주 하면 싫증을 느끼게 된다.

5. 사람들은 모두 그 자리의 중심이 되고 싶어 한다는 사실을 염

두에 둘 것. 이야기를 독점해서는 안 된다.

6. 타인의 이야기를 들을 때는 꼼지락거리지 말 것. 발로 땅을 파거나 손톱을 물어뜯어서는 안 된다. 사소하지만 무례한 동작은 이외에도 많다.

7. 상대방의 말을 앞질러 가거나 보충하지 말 것. 이것은 큰 실례이므로 절대로 해서는 안 된다. 상대방의 이야기를 끝까지 듣고 난 다음에 그 이야기에 부족한 점이 있다고 생각되는 경우에만 정정하거나 덧붙이면 된다. 타인이 의견을 피력하고 있을 때 말을 끊는 것도 실례가 된다.

8. 자신이나 친구에 관한 일은 가능한 한 이야기하지 말 것.

9. 깊이 생각하지 않고 개인이나 단체를 비난하지 말 것.

10. 자신이 가장 학식 있는 사람인 듯 행동하지 말 것. 어리석은 척할 필요도 없지만 분수를 넘지 않도록 늘 주의할 것.

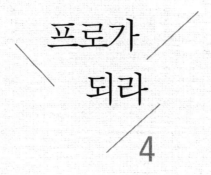

프로가
되라

4

인생은 자전거와 같다.
넘어지지 않기 위해서는
달릴 수밖에 없다.

하찮은 직업은 없다

●

어떤 직장에서 일하더라도 출세하기 위해서는 싫증 내지 않고 꾸준히 일에 정진해야 한다. 끈기 있게 일하고 검소하게 생활한 덕분에 가난에서 벗어나 노년에는 쾌적한 생활을 하게 된 사람들도 많다.

한 상인이 개점 후 몇 개월 동안 거의 장사가 되지 않았다. 그러나 일에 정진하고 절약에 힘쓴 덕분에 몇 년 뒤에는 커다란 재산을 모으게 되었다.

성공할 수 있는 기회가 여러 차례 있었으면서도 착실하게 끝까지 밀고 나가는 태도가 부족해서 점점 더 가난해진 사람들도 여럿 있다. 게다가 가난의 고통에서 벗어나야겠다는 생각조차 하지 않는 사람들도 매우 많다.

언제나 성실하게 일하는데도 생계를 꾸려 나가기 어려울 정도로 벌이가 시원찮은 직업은 없다. 어떤 직업이라도 행운을 얻으려면 그저 끈기 있게 일하는 수밖에 없다. 뜻밖에 횡재해서 부를 얻는 경우는 극히 드물다. 그런 행운을 잡아 부를 얻겠다는 생각은 언젠가 보물을 찾게 될 것이라며 누워서 기다리는 것이나 다를 바없다.

수입이 없으면 현재의 생활조차도 유지할 수 없다. 노력하지 않으면 형편은 나빠지기 마련이다. 쓴 만큼 수입을 얻으려 노력하지 않는다면 머지않아 모아놓은 재산도 바닥을 드러내게 된다. 그렇게 되면 가난과 싸울 힘도 갖추지 못한 젊은 시절부터 생활고에 허덕이게 된다.

사람들에게 도움이 되는 일 중 하찮은 일이란 없다. 이 점에 대해 젊은이들은 잘못된 생각을 갖기 쉽다. 남 보기에 좋지 않다는 이유로 일을 하지 않다가 막상 발등에 불이 떨어졌을 때는 시기를 놓쳐 도저히 창피해서 일을 할 수 없게 되고 만다. 돌이킬 수 없는 실수가 되는 것이다.

핀을 만드는 일이 중요하지 않다고 해서 그 직업을 하찮은 일이라 할 수 있겠는가? 그렇다 하더라도 핀은 생활에 없어서는 안 될 필수품이며 고마운 물건이다. 도움이 되는 일은 무엇이든 존경 받을 만한 가치가 있다. 그러므로 자부심을 갖고 그 일에 종사해야 한다.

한 사람 한 사람이 사회의 일원으로서 얼마나 가치가 있는가 하는 것은 자신이나 다른 사람의 행복을 위해 어떤 일을 하는가에 따라 결정지어진다.

일이나 휴식, 인생의 즐거움을 위해서, 혹은 자신의 인격을 함양하여 정신적 향상을 꾀하기 위해서 매 분 매 시간을 올바르게 사용해야 할 것이다.

중요한 일은
스스로 하라

"일을 마무리짓고 싶으면 스스로 하라. 그리고 싶지 않다면 남을 시켜라."

이 말은 옛날부터 내려오는 격언으로, 오랫동안 이야기된 만큼 진실이 담겨 있다. 앞으로 사회에 진출할 젊은이들은 중대한 일은 결코 남에게 맡기지 않도록 해야 할 것이다.

첫 번째 이유는 자신의 이익은 그 누구보다도 자신이 가장 많이 신경 쓰기 때문이다.

두 번째 이유는 일을 맡기려는 사람의 성격을 이해하는 것만큼 어려운 일도 없기 때문이다. 자신의 성격도 알 수가 없는데 남의 성격을 어떻게 이해할 수 있단 말인가? 그 사람이 나쁜 짓을 하거나 유혹에 빠져서 사회적으로 신용을 잃는 행동을 할 리 없다고 단언할 수 있는가? 스스로도 믿을 수 없는데 어떻게 남을 믿을 수 있겠는가?

세 번째 이유는 대리인을 고용하더라도 그 일을 가장 잘 아는 것은 자기 자신이기 때문이다.

네 번째 이유는 상황에 따라 방법을 바꿔서 최선의 방법으로 일을 처리할 기회가 생기는 법인데도, 고용된 사람은 자신에게 그런 재량이 있다고는 생각지 않기 때문이다.

고용된 사람은 고용주의 이익을 먼저 생각하지 않는다. 그들은 자신의 득실에 관해서만 생각할 뿐 충성심 따위는 없다. 따라서 고용주의 이익을 위해 일에 최선을 다할 리가 없다.

잡무가 방해가 되진 않는다

중요한 이해가 얽힌 일을 일주일의 절반, 즉 1년의 절반 동안 고용인에게 맡겨두는 경영자도 있다. 남이 자신을 대신해서 일을 잘 처리해 줄 것이라 믿고 태평하게 지낼 수 있다는 사실이 믿어지지 않는다. 대신 일을 맡은 사람이 나쁜 짓을 했다는 뉴스를 심심찮게 들을 수 있는데도 이런 습관은 사그라질 줄을 모른다.

경영자들 사이에는 "사람을 부려서 할 수 있는 일은 자신이 하지 말라"는 금언이 있다. 어느 정도 진실이지만, 오해하기 쉬운 말이기도 하다.

세상의 모든 사람을 믿을 수 있다면 이 금언은 120퍼센트 옳다. 일할 사람은 쉽게 구할 수 있으며, 그들의 임금은 경영자의 시간당 노동 가치보다 훨씬 싸기 때문이다.

간단한 가구나 작업 도구를 스스로 수리하거나 만드는 사람도 있지만, 그렇게 해서 득이 되는 경우는 실력 있는 사람에게 부탁하면 같은 시간에 두 배 이상의 수고비가 들 때뿐이다.

그런데 앞서 말한 바와 같이 항상 믿을 만한 사람을 찾을 수 있는 것은 아니다. 일이 흠잡을 데 없이 잘 풀리고 있다고 생각하는 데서 오는 안도감과 시간적인 손실은 생각할 필요조차 없는 것이다.

그리고 남에게 부탁하면 자신이 할 때처럼은 되지 않는다. 게다가 자신이 잡무를 처리한다고 해서 중요한 일에 방해가 되는 경우는 없다.

예를 들어 다른 사람이 펜을 고쳐주거나 면도를 해준다고 고맙게 생각하지 않는다. 일손을 멈추고 스스로 펜을 고치거나 면도한다 해도 일주일 혹은 한 달 동안에 다른 일을 하는 양은 줄어들지 않을 것이다.

남을 알 수 있는
기술

●

자신의 목적을 이루는 데 다른 사람의 도움이 반드시 필요하다면, 그 사람의 성격, 상황, 사고방식을 파악한 뒤에 그 사람을 대해야 한다. 그러기 위해서는 인간의 특성에 대해 반드시 알아두어야 한다.

누구나 인간의 특성에 대해 잘 알고 있다고 생각하게 마련이다. 그러나 실제로는 이만큼 알려지지 않은 분야도 흔치 않다.

일을 맡기기에 좋은 사람

자린고비에게 희생해 달라고 부탁하는 것은 현명하다고 할 수가 없다. 그러나 그가 절조 있는 사람이라면 사업상의 파트너 혹은 재산 분쟁의 중재자로 괜찮다. 그와 같은 사람은 인내심을 갖고 사소한 일을 조사하거나 작은 일에 집착하기 때문이다. 성격이 대범한 사람은 작은 일에 소홀하기 쉽다.

성격이 급한 사람은 사소한 일에도 불같이 화를 낸다. 그러나 그것을 금방 잊고 화해하기 위해 무슨 일이든 기꺼이 하려 한다. 따라서 몇 년 동안 복수할 기회만을 노리며 마음에 품고 있는 사람에 비해 성격이 급한 사람은 그다지 위험한 상대가 되지는 않는다.

냉정하고 차분한 성격을 가진 나이 든 사람이라면 상담 상대로 적격이다. 그러나 일을 빨리 처리하려면 젊고 열의에 넘치는 활발한 사람을 기용하는 편이 좋다.

이렇다 할 특징이 없는 사람도 있는데, 그런 사람은 틀림없이 전에 있던 직장 분위기에 물들어 있는 것이다. 따라서 그런 사람의 조언이나 조력은 아무 도움도 되지 않는다.

욕심이 많은 사람에게서는 아무리 좋은 점을 찾으려 노력해도 소용없다. 비열한 사람들은 대개 탐욕스럽다. 돈벌이 수완이 좋은 사람들은 그 외의 일은 아무것도 할 줄 모른다. 무일푼에서 시작해서 재산을 모은 사람은 너무 바빠서 재산 말고는 정신적 향상을 생각할 여유가 없다.

자랑이 심한 사람은 언제나 의심해야 한다. 그는 선천적으로 병에 걸린 것이나 다를 바 없다. 그 병 때문에 자신의 임무를 잊고 언제나 무모한 행동을 저지른다. 이런 사람이 지혜로운 사람에게 걸리면 우정에 대한 맹세, 약속, 위협 등은 조금도 효과가 없다. 그런 사람에게 비밀을 이야기하면 허영심과 경솔함 때문에 반드시 외부에 흘리고 말 것이다.

조용한 사람도 일을 맡기기에는 적합하지 않다. 그런 사람은 얌전함을 가장하고 있지만 그 가면은 쉽게 벗겨지고 만다. 반대로 말이 많은 사람은 쓸데없는 실수로 피해를 준다.

이런 성격은 조심하라

그 사람의 행동을 지배하는 동기가 무엇인지 알면 성격을 알 수 있다. 상대방이 재기 발랄한 사람이거나 바보가 아닌 이상 어떤 경우에 어떤 행동을 취할지 상당히 정확하게 예측할 수 있게 된다. 단, 재기 발랄한 사람과 바보는 종잡을 수가 없기 때문에 행동을 예측하기가 어렵다.

여러 가지 성격의 특성에도 상호관계가 있으므로 연구해 두면 도움이 될 것이다.

예를 들어 경솔하고 성격이 급한 사람은 솔직하고 순수한 경우가 많다. 또한 약한 사람을 괴롭히는 것은 대부분 겁쟁이들이다. 따라서 대담한 태도로 단호하게 대응하는 것이 최선의 방법이다. 조금이라도 복종하는 듯한 모습을 보이면 약점을 파고들어 괴롭히기 시작한다.

다음의 여섯 가지 성격을 가진 사람에게는 호의적인 태도를 기대하지 않는 편이 좋다.

그릇이 작고 천박한 성격을 가진 사람은 자신밖에 생각하지 않는다. 게으른 사람은 요리조리 꾀를 부리기만 할 뿐 은혜를 베풀려 하지 않는다. 바쁜 사람에게도 상대방을 생각해 줄 만한 시간이 없다. 돈이 너무 많은 사람은 도움을 필요로 할 때라도 사람을 내려다본다. 가난하고 불운한 사람은 재능이 부족한 경우가 많다. 마지막으로 바보스러울 정도로 사람이 좋은 사람은 그다지 도움이 되지 않는다.

단, 다른 일반적인 법칙처럼 여기에도 예외는 있다.

예를 들어 복지와 관련된 일 때문에 바쁜 사람은 훌륭할 경우가 많다. 이런 사람들은 자신의 일만 해도 바쁘지만 시간을 내서 이런저런 선행을 베푼다. 대대적인 공공사업에 대해 시간적, 금전적 원조를 요청할 경우 큰 원조를 아끼지 않는 사람은 가장 바빠 보여서 그다지 도움을 주지 않을 것이라 생각했던 사람들이다.

그래서 사업가가 가장 많은 여가 시간을 가지고 있다고도 한다. 때로는 이 말은 사실이다. 그는 여가 시간에 대해서도 분명한 계획을 세워두기 때문이다.

또한 막대한 재산을 갖고 있으면서도 명리를 추구하려는 마음이 없는 사람도 있다. 앞에서 말했던 커다란 부자는 이런 사람과는 달라서, 무엇이든 손에 넣으면 절대로 놓지 않는 부류이다. 이런 인간이 정신적인 기쁨을 얻는 것은 낙타가 바늘구멍을 통과하는 일보다 어렵다.

나이에 따른 장점을 살리자

인간의 성격에 대해 생각할 때는 상대방의 나이도 염두에 두어야 한다.

젊은 사람은 새로운 계획이나 취향에 맞는 계획에 쉽게 마음을 빼앗겨버린다. 한편 우연히 만나게 된 사람의 영향으로 쉽게 그 계획을 포기해 버리기도 한다.

젊은이는 급하고 경솔하므로 의논 상대로는 적합하지 않지만 행동하는 일에는 매우 적합하다. 그러므로 계획을 변경해서는 안 된다는 사실을 잘 알고 있는 일을 시키면 좋다.

노인은 일의 속도는 느리지만 확실하다. 굉장히 조심스럽고 새로운 계획이나 생활양식에는 저항감을 느끼며 욕심이 많은 경향이 있다. 따라서 행동하는 일보다는 의논 상대로 적합하다.

노인은 교묘한 말이나 장광설에 쉽게 넘어가지 않는다. 그리고 예전부터 가지고 있던 사고방식이나 습관, 형식을 고집한다. 특히 노인은 젊은이가 남 보기 그럴듯하게 의견을 구하는 척하는 것을 불쾌하게 생각한다. 노인은 존경 받는 것과 이야기를 들어주는 것을 좋아한다. 화가 났을 때 젊은이는 말이 앞서기 때문에 속으로는 내뱉는 말만큼 화가 나 있지 않은 경우가 대부분이다. 그러나 노인은 그 반대라서, 젊은이들끼리는 비교적 쉽게 화해할 수 있지만 노인은 상대방을 용서하는 데 시간이 걸린다.

일을 함께하기에 가장 적합한 사람은 도덕심을 기초로 냉정하고 단호한 성격과 언제나 도와주려는 친절한 마음을 함께 지니고 있는 사람이다. 그리고 오랜 경험과 세상일에 관한 해박한 지식 등을 갖추고 오랜 시간에 걸쳐서 신망을 쌓아온, 생활이 안정된 사람이라면 더할 나위 없이 좋을 것이다.

세상의 평판에
귀 기울여라

●

젊은 사람이 "남들이야 어떻게 생각하든 상관하지 않는다"며 아무렇지도 않게 말한다면 몸을 망칠지도 모른다. 자신이 사람들에게서 어떤 평가를 받는지에 무관심한 것은 결코 사람이 좋고 관대하다는 의미가 아니다.

세상의 평판에 대해 마땅히 품어야 할 경의를 표하는 것과 세상의 평판을 행동의 첫 번째 기준으로 삼는 것은 전혀 다른 일이다.

사람들의 의견에 자신의 행복이 좌우되는 것만큼 한심한 일도 없다. 사람의 참된 성격을 알기란 어려운 법이어서, 편견에 따라 좋은 쪽으로든 나쁜 쪽으로든 오해가 생기곤 한다. 따라서 양심의 가책을 느끼고 있을 때는 사람들이 괜찮다고 인정해 주어도 그다지 위로가 되지 않는다. 그러나 올바른 목적을 가지고 행동했다는 자신감이 있는 경우에는 세상 사람들이 비난해도 동요하지 않는다.

인간이란 변덕스러워서 오늘 좋아하던 것도 내일은 싫어하기도 한다. 그러나 언제나, 어디서나, 어떤 상황에서도 모두를 위해 일하려고 하는 사람이 일자리가 없어 고생하는 경우는 절대로 없다.

현명한 사람은 남에게서 비판 받으면 그것이 온당한 것인지 생각해 본다. 비판이 옳다면 친구에게 충고를 들었을 때처럼 흔쾌히 그 결점을 고친다.

흔히 친구라는 허울 좋은 이름으로 꼭 알아야 할 중요한 사실은 가르쳐주지 않는 경우가 있다. 그러나 적은 악의나 질투심에서 그러한 것들을 강조해서 이야기한다. 이를 기쁘게 여기고 지적을 받아들여야 할 것이다.

처세도
지혜다

5

우리가 행동을 결정하는 것처럼
행동도 우리의 인간성을 결정한다.

제대로 보는 법을
익혀라

●

"눈을 똑바로 뜨고 생각하고 있는 것은 겉으로
드러내지 않도록 하는 것이 무사히 한평생을 살아가기 위한 요령."

심심찮게 들을 수 있는 격언인데도 이기적이라는 느낌이 든다.
이 격언은 "상대방에게서 배울 수 있는 것은 무엇이든 배워라. 그
러나 상대방에게는 배울 수 있는 기회를 가능한 한 주지 말라"는
의미인 듯하다.

모든 사람들이 이 격언을 따른다면? 오해를 사지 않기 위해서
든 멍청한 사람이라 여겨지기 않기 위해서든 자신의 생각을 표현
하지 않고 감추려고만 든다면 어떻게 될까? 대화의 즐거움을 맛볼
수 있을까? 대화는 커다란 기쁨인데 말이다.

말수가 적은 것이 지혜로움의 증거라는 말을 흔히 듣는다. 그런
데 오히려 생각을 별로 하지 않는 것은 아닐까 여겨지는 경우가 많
다. 이런 면에서 나와 같은 의견을 갖고 있는 한 의사는 "책을 통해

서 얻은 것이든 스스로가 생각해 낸 것이든 사상은 머릿속에서 팽창 작용을 일으킨다. 그것은 펜이나 혀로 표현함으로써 해방시키는 수밖에 없다"고 말했다.

눈을 똑바로 뜨라는 것은 현명한 조언이다. 사물을 보고는 있지만 마음의 눈은 언제나 닫아둔 채로 살아가는 사람은 또 얼마나 많은가? 이야말로 '눈뜬장님'이라고 할 수 있다.

그런 사람이 노년이 되어 자신의 경험을 늘어놓더라도 들을 만한 것은 아니다. 배우겠다는 진지한 자세로 사물을 보는 사람은 관찰하려 하지 않는 사람이 10년 동안 배우는 것보다 훨씬 더 많은 것을 1년 만에 배운다. 그래서 30살 먹은 사람이 90살 먹은 사람보다 현명할 수도 있다.

멍하니 있지 마라

건전하고 실용적인 지혜를 빨리 얻고 싶다면 경험하는 수밖에 없다. 그러나 세상에는 지혜로워질 만큼 나이가 먹고도 세상 물정을 모르는 사람들이 매우 많다. 그런 사람들의 전철을 밟지 않으려면 주위의 사물을 잘 관찰해야 한다. 학교나 방에서 편안하게 지내고 싶은 때도 분명히 있다. 그러나 언제나 눈을 똑바로 뜨고 있어야 한다.

학식이 있는 사람 중에 사회생활에는 영 서툰 사람들이 종종 있다. 이유는 간단하다. 그 사람의 눈은 책이나 학교로만 향해 있을 뿐 다른 것에는 닫혀 있기 때문이다.

학문에도 사회에도 밝은 대학 교수가 있었다. 어디서나 교수의 눈을 벗어날 수 있는 것은 아무것도 없었다. "선생님의 눈에 띄지 않고 하늘을 날 수 있는 새는 한 마리도 없다"고 평했을 정도였다.

교수는 학생들에게도 관찰하는 습관을 심어주려 했다. 어느 날, 학생과 함께 차를 타고 가던 교수는 그 학생이 주위 광경에 멍하니 시선을 던지는 모습을 보고 화가 난다는 듯한 투로 이렇게 말했다.

"자네, 눈을 똑바로 뜨게나."

이 가르침은 학생에게 깊은 감명을 주었다. 그는 학교에서 결코 눈에 띄는 학생이 아니었지만 현실적, 실제적인 면에서는 웬만한 학생보다 뛰어난 능력을 갖게 되었다.

"내 성공의 대부분은 선생님께서 가르쳐주신 것이다."

그는 지금도 이렇게 얘기한다. 교수의 가르침은 헛된 것이 아니었다.

보고도 보지 못하는 습관

무엇이든 그냥 보아 넘겨서는 안 된다고 했지만 단순히 보기만 해서는 지겨워질 뿐만 아니라 원래의 목적에서 벗어나는 일이 되어버리고 만다.

눈을 돌리기만 하면 되는 것이 아니라, 본 것이 인상에 남도록 해야만 한다. 인상에 남지 않는다면 차라리 보지 않는 편이 낫다. 그런 식으로 사물을 보면 '보고도 보지 못하는 습관'이 몸에 배어버리게 된다.

물론 다른 생각을 가진 사람들도 있다. 뉴잉글랜드 지방에 살고 있는 한 외과의사는 여행 중에도 독서하기로 유명한 사람이다. 그를 존경하는 사람의 말에 의하면 그는 차를 타고 갈 때도 책을 손에 들고 있거나 옆에 놓아둔다고 한다.

그러나 그런 평가는 보통 오래가지 않는다. 차 안에서까지 무엇인가를 조사해야만 하는 급박한 경우도 있을 것이다. 그렇다고 늘 그런 경우가 있는 것은 아니다. 이럴 때는 자연이라는 위대한 책에서 배우는 편이 훨씬 더 도움이 된다.

고대 로마의 저술가인 플리니우스 부자는 광범위한 지식으로 매우 존경 받았다. 아버지는 여행을 갈 때도 책과 휴대용 책상을 늘 가지고 다녔으며, 아들은 탈것에 탔을 때나 걸어갈 때나 앉아 있을 때나 늘 책을 읽었다고 한다.

그러나 그것만으로 존경 받을 만한 가치가 있는 것일까?

두 사람 모두 책이나 철학에 대해서는 지식이 있었다. 그러나 밖에 나설 때는 책이나 책상은 집에 놔두고 주위의 사물에 눈을 떴더라면 실질적인 지혜를 얻을 수 있었을 것이다.

또한 아버지 플리니우스는 식사 중에도 다른 사람에게 책을 읽도록 하여 들었다고 한다. 여기에도 나는 찬성할 수 없다. 이 점에 대해서는 앞서 말한 바 있다.

입소문이라는
정보 네트워크를 활용하라

●

꿀벌은 어떤 꽃에서든 꿀을 빨아내는 방법을 알고 있다. 사람은 어떤 사고방식을 가지든 어떤 경우에 처해 있든 다른 사람과의 대화를 통해 정신적으로 성장할 수 있다. 꿀벌이 꿀을 빠는 것처럼 사람도 좋은 것은 흡수하고 나쁜 것이나 무익한 것은 받아들이지 않는 능력을 갖고 있다면 그보다 좋은 일도 없을 것이다.

알아두면 반드시 도움이 되는 것 중 하나가 대화의 법칙이다. 이 법칙을 지키면 평범한 대화 속에서도 가치 있는 지식을 수없이 이끌어낼 수 있다. 그리고 점차 다른 주제로 넘어가는 직접적인 방법이나 상대방의 마음을 꾸준히 성장시키는 간접적인 방법으로 주제를 바꿀 수 있게 된다.

누구나 뛰어난 면이 있다

누구나 다른 사람보다 뛰어난 점을 가지고 있다. 아무리 배우지 못한 사람이라도 한가지 정도는 다른 사람들보다 잘 알고 있는 분야가 있기 마련이다. 어떤 사람은 농업에 대해, 어떤 사람은 원예에 대해, 어떤 사람은 기계나 공업에 대해, 또 어떤 사람은 수학에 대해 남들보다 뛰어난 법이다.

따라서 타인과 이야기를 나눌 때는 그 사람이 어떤 점에 뛰어난가를 파악하여 그것을 주제로 삼으면 좋을 것이다. 이는 그다지 어려운 일이 아니다. 이야기의 주도권을 쥐려 하지 않고 귀를 기울이고 있으면 상대는 자신이 잘 알고 있는 분야에 대해 이야기를 하게 된다.

몇몇 예외를 제외한다면 사람은 누구나 대화를 주도하고 싶어한다. 게다가 스스로를 향상시켜 줄 만한 지식을 얻으려 한다면 상대방이 진심에서 우러나와 이야기할 수 있도록 가만히 귀를 기울여야 한다.

그렇게 하면 자신이 만나는 모든 사람들로부터 가치 있는 지식을 간단히 흡수해서 활용할 수 있게 된다.

이는 덫을 치는 식의 음모와는 다른 것이다. 어떤 사람을 한동안 대화의 주역으로 인정했다고 해서 모든 면에서 우월하다고 인정한 것은 아니다. 그 사람이 그 자리에 있는 다른 사람들에게 도움이 되도록 거들었을 뿐이다.

함께 이야기를 나누다 보면 대화의 주역이 되기는 했지만 아무도 이야기를 들으려 하지 않거나 들어도 이해하지 못해서 도움이 되지 못하는 경우를 종종 볼 수 있다. 그런 경우에라도 상대방으로부터 무엇인가를 이끌어내려 하는 사람이 있을지도 모르겠다. 자기 순서가 왔는데도 자신이 잘 알고 있는 분야에 대해 이야기하기를 꺼린다면 이기주의자라는 비난을 들어도 싸다.

그러므로 남의 말을 중간에서 끊지 말고 끝까지 들어야 한다. 그렇게 하면 상대방을 잘 이해하게 되어 훌륭하게 답할 수 있게 된다. 기회를 만들어주기만 하면 상대방은 내가 아직 들어본 적이 없는 이야기를 해주거나 잘 몰랐던 것을 가르쳐주거나 심지어는 기대하지 않았던 것까지도 이야기해 주는 법이다.

진실만을 말하라

때로는 거의 얻을 것이 없는 사람도 있다. 더러운 말, 외설스러운 말을 사용하는 사람이 그렇다. 그런 사람에게서는 도움이 될 만한 것은 무엇 하나 얻을 수 없을 뿐만 아니라 더러운 말을 참고 들어야 하는 고역까지 치러야 한다. 게다가 그런 사람과 사귀면 자신의 평판까지도 떨어질 위험이 있다.

　사람은 그 친구를 보면 알 수 있다는 말까지 있을 정도이니 더러운 말을 쓰는 사람이나 행실이 좋지 않은 사람과 만날 때는 신경을 써야 한다. 같은 이유로 거짓말쟁이와는 사귀지 말아야 한다.

　사람들 앞에서 이야기할 때는 남들보다 나중에 말하는 편이 조심스러워 보이기도 하고 현명한 태도이기도 하다. 그렇게 하면 자신의 이야기를 기분 좋게 들어줄 뿐만 아니라, 자신이 하려는 얘기의 요점을 미리 생각해 둘 수도 있다. 또 "두 번 생각한 다음에 이야기하라"는 옛 격언도 지킬 수 있다.

　자신이 하고 싶은 말을 가능한 한 간단한 말로 전달하도록 하자. 특히 모르는 사람이나 경험이 풍부한 사람 앞에서는 그렇게 하는 편이 좋다. 그리고 가장 중요한 법칙은 진실만을 이야기해야 한다는 것이다.

　감정에 휩싸여서 화를 내거나 쓸데없는 말까지 하지 말 것, 결코 자만해서는 안 된다는 것도 법칙 중 하나이다. 설사 정당한 이유가 있더라도 승리감에 젖은 듯한 모습을 보여서는 안 된다. 그래 봐야 얻을 것은 아무것도 없다. 그러면 상대방은 잘못된 생각을 더욱 고집하게 된다. 굳이 그러지 않아도 상대방은 좋지 않은 감정을 품고 있을 텐데 말이다.

배움에는
끝이 없다

●

　　　지금까지 공부나 책에 대해서는 크게 다루지 않은 점이 의외라고 생각할지도 모르겠다. 거기에는 이유가 있다. 일반적으로 인격 형성의 수단으로 지나치게 독서에 의존하는 경향이 있는데, 이를 지양하기 위해서이다.

　책이나 교재를 선택하는 것은 본인이 아니라 부모님이나 교사들이다. 정신적인 향상을 위해 선택하지 않는다면 어떤 조언도 그다지 도움이 되지는 않을 것이다.

　사람은 누구나 나이와는 상관없이 세상에 도움을 주는 사람이 되기 위해서 정신적, 육체적으로 좋은 습관을 들이도록 끊임없이 노력해야 한다.

조금씩 읽어 나가자

책은 쳐다보기도 싫다고 하는 사람들은 어떻게 하면 좋을까? 책을 싫어하는 것은 조금씩 고쳐 나갈 수 있다. 자신이 싫어하는 것을 억지로 읽거나 공부해 봐야 소용없는 일이다. 자신과 맞지 않는 일은 해봐야 그다지 성과를 얻지 못한다. 그보다 훨씬 효과적인 방법이 있다.

제대로 된 교양 강좌나 토론회에 참석시켜라. 대부분의 청년들은 교양 강좌에 참석하기를 좋아한다. 또한 그런 것이 번창하는 시대이기도 해서 다양한 교양 강좌가 여기저기서 열리고 있다. 단 한마디라도 좋으니 토론의 장에서 발언하도록 한다.

누구나 어떤 일에 흥미를 갖게 되면 필연적으로 그에 관련된 지식을 추구하기 마련이다. 그것도 다른 사람의 이야기를 통해서만이 아니라 신문을 읽어 알아내려 한다. 그리고 좋은 신문을 골라읽게 되면 다음에는 여행에 관한 책으로 시선을 돌리게 된다. 그다음에는 역사 책도 즐기게 된다. 이런 식으로 한 걸음 한 걸음 관심의 폭을 넓혀가다 보면 드디어 여러 가지 책을 읽는 것을 진심으로 좋아하게 된다.

한가지 주의할 점은 한 번에 너무 오랜 시간, 혹은 너무 많이 읽지 말아야 한다는 것이다. 책이나 신문을 읽다가 지루해지면 한동안 읽기를 중단해야 한다. 그러면 다음에 읽게 될 때는 전보다 더 즐거운 마음으로 그 뒤를 읽어 나갈 수 있게 된다.

이런 방법을 끈기 있고 성실하게 실천해 나간다면 성공하게 될 것이다. 중요한 것은 이 방법의 효과를 확신해야 한다는 점이다. 당연한 얘기지만 어떤 일이나 기꺼운 마음으로 시작해 끊임없이 노력하지 않는다면 성공은 기대하기 어려울 것이다.

배움에는 때가 없다

누구나 지적 향상이 중요하다는 점은 인정할 것이다. 그런데도 지적 향상을 가로막는 장애물이 있는데, 사회의 관념 속에서 오랫동안 자라온 것이기 때문에 제거하는 데 많은 노력이 필요하다.

그 장애물이란 지적 성장이 일정한 나이가 되면 멈추며 그 뒤로는 아주 조금밖에 성장하지 않는다는 상식이다. 일반적으로 그 한계는 18세라고도 하고 20세라고도 한다. 30세를 넘으면 더는 안 된다고도 한다. 보통 20세기 지나서 새보운 능력을 개발하기란 쉬운 일이 아니며, 20세가 넘어서 배우려면 상당한 노력을 기울여야만 한다.

청년 시절의 값어치를 가볍게 보고 헛되이 보내는 것은 좋다고 생각되지 않는다. 청년 시절은 황금과도 같아서, 한 순간 한 순간을 소중하게 보내면 농부가 적절한 계절에 좋은 씨앗을 뿌린 것과 마찬가지로 열매를 맺기 때문이다.

일반적으로 말하는 의무교육이란 젊은 사람들이 자기교육을 하기 위한 준비 과정에 지나지 않는다. 다시 말해 지식의 문을 여는 열쇠와도 같은 것이다. 보물상자의 열쇠를 손에 쥐고 있으면서 열어보려고도 하지 않는 사람이 이 세상에 있을까? 드디어 자기교육을 시작할 준비가 갖춰졌는데 그것을 교육의 끝이라고 하다니, 참으로 기묘한 일이 아닐 수 없다.

20세든 25세든 30세든 상관없다. 자신이 부족하다는 점을 깨달았다면 그 책임이 자신에게 있든 다른 사람에게 있든 나이가 지적 성장의 장애물이 된다고 생각해서는 안 된다. 배워야겠다는 의지가 있다면 누구나 앞서 말한 방법을 꼭 실천해 보기 바란다. 작심삼일에 그치지 않도록 오랫동안 실천해야 한다. 로마는 하루아침에 이루어진 것이 아니라는 말도 있지 않은가? 현대적 지성을 몇 주일이나 몇 개월 만에 손에 넣으려는 사람은 자신이 얼마나 무지한지 알지 못하는 사람이다.

나이를 먹은 후에 공부를 시작해서, 그것도 독학으로 오로지 책에만 의존해서 훌륭한 인물이 된 사람들의 이름을 들자면 아주 쉽게 긴 목록을 만들 수 있을 것이다. 40대에 공부를 시작해서 눈부신 성공을 이룬 사람도 있다. 지능은 오랜 세월에 걸쳐서 성장해 나가는 것이라는 사실을 부정할 만한 근거는 어디에도 없다.

나이가 들어서 얻은 지식은 쉽게 잊어버린다는 말이 있다. 당장 활용해야 하는 지식이 아니라면 맞는 말이다. 그러나 실용적인 지식은 반드시 기억되는 법이다.

프랭클린은 평생 쉬지 않고 배웠다. 그리고 한 번 외운 것은 잊어버리지 않았다고 한다. 그 지식이 필요했기 때문이다. 지식의 필요성을 확신하는 것이 중요하다고 앞서도 말한 바 있지만, 그보다 더 중요한 것은 자신의 무지를 깨닫는 것이다. 자신이 (정신적으로) 병들었다는 사실을 깨닫는다면 절반은 치유된 것이다. 자신의 무지를 깨달았다면 곧 지식에 한 걸음 다가선 것이다. 그리고 다른 조건이 비슷하다면 지적인 진보는 공부의 필요성을 얼마나 느끼고 있느냐에 달려 있다고 할 수 있다.

공부할 시간은 얼마든지 있다

게으른 사람들이 늘 입에 담는 가장 우스운 구실은 공부할 시간이 없다는 것이다. 대부분의 젊은이들은 자신의 무지를 알고 있으며 지식욕도 있다. 그런데 안타깝게도 책을 읽거나 생각할 시간이 부족하다고 생각한다. 그리고 그 구실에 만족한 채 죽을 때까지 게으름과 무지, 악덕의 희생양이 되는 것이다. 조금만 더 넓은 지식이 있다면 그러한 악덕에 빠지지 않아도 되는데 말이다. 그러므로 자신이 무엇을 해야 하는지도 미리 결정해 두어야 한다.

영국의 왕 알프레드는 신하들보다 많은 일을 처리하면서도 시간을 내서 공부했다. 프랭클린은 일하는 중에도 짬짬이 시간을 내서 철학에 몰두했으며, 과학의 세계에 발을 들여놓기도 했다.

프리드리히 대왕은 제국을 지배하면서 전쟁 중에도, 심지어는 전투를 하루 앞둔 날 밤에도 시간을 내서 철학의 매력에 흠뻑 빠져들어 지적인 기쁨을 맛보았다. 나폴레옹은 제국을 자기 뜻대로 움직이고, 청원하러 온 사람들을 대기실에서 기다리게 하고, 수많은 사람들 위에 서서 그들의 운명을 지배하면서도 책과 대화하는 시간을 가졌다고 한다.

시저는 로마인의 마음을 사로잡은 뒤, 먼 곳에서 찾아온 수많은 손님들을 맞으면서도 지적 수양을 쌓기 위한 시간을 따로 냈다고 한다.

눈코 뜰 새 없이 바쁜 나날을 보내면서도 지적 수양을 쌓은 예는 이외에도 얼마든지 있다. 내게도 다음과 같은 경험이 있다.

한 번은 거의 쉬는 시간 없이 일을 하며 여름을 보낸 적이 있었다. 평생 동안 그때처럼 성장한 시기도 없었다고 생각한다. 독서는 조금밖에 하지 않았지만 읽은 것은 내용을 잘 이해했으며, 완전히 내 것으로 만들었다. 고대사에 관한 지식은 대부분 그해 여름에 익힌 것이다.

물론 그런 식으로는 전문적인 지식을 얻기 어렵다. 그러나 전반적인 흐름을 파악하고 주요 사실을 파악할 수는 있다. 내게는 그것이 훨씬 더 가치 있었다고 늘 믿고 있다.

공부에 대한 열정을 가져라

농업이나 자유업에 종사하는 사람에 비해 회사원은 한꺼번에 많은 여가 시간을 내기가 어렵다. 그런 의미에서 농업에 종사하는 사람들은 다른 직업에 종사하는 사람들보다 유리하다. 그러나 농업에 종사하지 않는 사람이라도 마음만 먹으면 매일 조금씩이나마 지적 향상을 위한 시간을 마련할 수 있다.

조금 전에 나의 경험에 대해서도 이야기했지만, 당시의 나보다 여가 시간이 부족한 사람도 많지 않을 것이다.

일 때문에 공부할 시간이 많지 않는데도 어째서 그렇게 빨리 지식을 쌓을 수 있었을까? 그것은 지식에 대한 욕구가 강해서 탐욕스러울 정도로 공부했기 때문이다. 책을 통해서 이해한 내용은 다음 책을 읽기 전까지 잘 생각하고, 사람들과 이야기할 때 화제로 삼는다. 그렇게 하면 자신의 것으로 만들 수 있다.

중요한 것은 공부에 대해 참기 힘들 만큼 열정을 가져야 한다는 점이다. 그리고 주변에 있는 수단을 적절히 이용해야 한다.

어떤 학문에 대해서는 어떤 책을 읽으라는 식의 얘기는 하지 않을 생각이다. 어떤 책을 읽을까 하는 것은 그 외의 일들에 비해 그다지 중요하지 않기 때문이다.

책은 유익한 것이기는 하지만 공부하겠다는 결의만 있다면 책이 없어도 공부할 수 있다. 날짜가 지난 신문, 찢어진 책, 묘비명, 자연, 예술 작품 등은 책을 대신하고도 남는다.

또 선택의 폭이 굉장히 넓고, 책의 선택은 결국 자신의 취향과 판단에 따라야 하기 때문이다. 자신이 그 학문을 오래 지속할 수 있을 만큼 관심을 갖고 있는지는 공부를 하다 보면 자연스럽게 알게 된다. 그렇게 되면 자기 나름대로 책을 선택할 수 있게 된다.

자신의 지식 수준과 결점을 제대로 파악해서 적절한 책을 권해 줄 만한 친구가 있다면 그 친구의 의견에 귀를 기울이는 것도 좋다.

공부하는
방법

●

　　　　신문을 아예 읽지 않는 사람은 없을 것이다. 신
문을 읽을 때는 정확한 세계지도와 지명, 사전 그리고 지리책을 옆
에 놓고 읽기 바란다. 지명이 나오면 그 위치를 지도에서 확인하고
지명 사전을 읽은 다음, 자세한 내용은 지리책을 통해 얻는 것이다.
일단 기사를 마지막까지 대충 훑어 대략적인 내용을 파악한 다음,
앞서 말한 방법으로 다시 한 번 읽는 것도 좋은 방법이다.

　이런 독서법은 매우 유익하다. 처음에는 시간이 걸리지만 하다
보면 반드시 풍성한 성과를 얻을 수 있다. 강연회나 토론회 등에서
도 다루는 문제에 따라서는 강연자나 토론자에게 지도, 자료, 도표
등을 요구하는 경우가 있다. 그렇게 하면 지식이 없는 사람이라도
많은 것을 얻을 수 있다.

　요즘에는 자료가 될 만한 서적이나 지도를 굉장히 싼값에 구할
수 있으니 지식을 쌓고 싶다면 꼭 준비해 두기 바란다.

앞서 말한 방법대로 공부하다 보면 더욱 활발히 공부하고픈 마음이 솟아오를 것이다. 이 공부 방법은 매우 알기 쉬운 것이기 때문에 누구라도 이해할 수 있다.

새로운 세계, 새로운 사물을 알아간다는 것은 누구에게나 즐거운 일이다. 지리적인 지식을 쌓는 행위는 실제 여행에서 맛보는 것 같은 즐거움을 준다.

역사 공부는 조금씩, 조금씩

여러 가지 사건이 일어난 역사적 배경을 알아두는 것도 중요한 일이다. 이때도 강연회나 토론회 혹은 신문 등에서 언급한 일에 호기심을 가지면서 공부를 시작하면 된다. 단, 이런 공부를 할 때는 한 번에 모든 것을 하려 들지 말고 한 부분에 초점을 맞추는 것이 좋다.

예를 들어 지리적 사실에 대해 자세히 알고 싶다면 역사는 잠시 뒤로 제쳐두고 당분간은 지리에 대한 지식을 쌓는 편이 좋다. 그것이 어느 정도 일단락 지어지면 이번에는 역사를 중심으로, 혹은 역사만을 공부하는 것이다.

역사를 독학으로 계속해서 공부해 나갈 수 있는 좋은 방법을 가르쳐주겠다. 이 방법은 학생들도 충분히 응용할 수 있다.

신문이나 책을 읽다가 합중국 독립전쟁 당시에 버지니아주 요크타운에서 살고 있던 인물에 대한 이야기가 나왔다고 하자. 그러면 바로 역사서를 펼쳐서 미국의 독립에 대해 조사해 보는 것이다. 그리고 어느 정도 이해할 때까지는 절대 손을 놔서는 안 된다. 어떤 인물이 관여했으며 언제, 어떤 순서로 무슨 일이 일어났는지를 살펴보는 것이다.

이와 같은 방법으로 공부를 해나가면 머지않아 신문에 쓰여 있는 단순한 사실 이상의 것까지, 그 전후의 일까지도 포함해서 알게 된다. 그렇게 해서 지식의 폭이 넓어지면 이번에는 프랑스 군은 미국 독립과 어떤 관계가 있었을까 하는 의문이 일면서 프랑스 역사를 공부해 보고 싶다는 생각을 갖게 된다. 한편 위싱턴은 어디서 종군했을까? 어떤 전투에서 어떤 전공을 세웠을까? 영국과 미국이 전쟁을 벌인 원인은 무엇이었을까? 하는 의문도 생기게 된다. 이렇게 자연스럽게 한 걸음 한 걸음 시대를 거슬러 올라가 현대사에 대한 많은 지식을 얻게 되는 것이다.

고대사든 현대사든 그 외의 역사적 사실도 이런 식으로 공부해 나가면 된다. 이런 식으로 읽지 않는다면 신문은 단순한 오락거리가 되어버리고 만다.

젊은 사람이 조국의 지리와 역사조차 모른다는 것은 부끄러운 일이며, 어찌 보면 당연히 갖춰야 할 지식이기도 하다. 그런데도 그런 지식을 모르는 사람들이 적지 않은 것이 사실이다.

요즘 아이들은 여러 가지 학문을 폭넓게 공부하고 있는 것처럼 보이지만 조국에 대해서는 아무것도 모르는 게 현실이다.

편지를 써라

문장력을 키우는 가장 좋은 방법은 나이와 상관없이 편지를 쓰는 것이다.

일찍부터 편지 쓰는 습관을 들여서 꾸준히 실천하면 문장력이 좋아질 뿐만 아니라 문법에 맞는 문장을 쓸 수 있게 된다.

램지가 저술한 『워싱턴 전기』에 그 증거가 될 만한 이야기가 나온다. 미국 혁명전쟁 전에는 자기 이름조차 제대로 쓰지 못하던 사람들이 전쟁을 겪고 난 후에는 하고 싶은 말을 분명하고 알기 쉽게, 문법적으로도 완벽하게 편지를 쓰게 되었다고 한다.

그 이유는 편지를 많이 쓸 수밖에 없었으며, 편지로 의미를 분명하게 전달해야 하는 상황에 놓여 있었기 때문일 것이다. 분명하지 않은 말이나 문장 하나로도 군대가 패할지 모르는 상황이었다. 이것이 정확한 문장을 쓰게 하는 동기가 되었고, 그렇게 연습한 덕분에 좋은 문장을 쓸 수 있게 된 것이다.

그렇다고 해서 좋은 문장을 쓰기 위해서 반드시 커다란 목표가 필요한 것은 아니다. 문장을 잘 쓰고 싶다, 그것을 위해서 끊임없이 노력하겠다는 마음만 있으면 충분하다.

비즈니스맨 중에도 사업상의 필요 때문에 좋은 문장을 쓰게 된 사람이 있다. 좋은 문장을 쓰는 데는 평소부터 친구들끼리 편지를 주고받는 것이 가장 훌륭한 연습이 된다. 서로가 상대방의 글을 솔직하게 비평하기로 하고, 일상적이든 비일상적이든 주제를 정해 그때그때 편지를 쓰는 것이다. 참고서에도 의존하지 않고 문장 지도도 받지 않으면서 이와 같은 방법으로 좋은 문장을 쓰게 된 사람을 여럿 보았다.

그렇다고 해서 학교에서 배우는 문법이나 작문이 가치가 없다는 말은 아니다. 반드시 학교에서 배워야만 하는 것은 아니라고 말하고 싶은 것이다. 그리고 학교 공부는 죽어도 싫다는 사람에게 자신의 손이 미치는 범위 내에 있는 수단을 이용하라고 권하는 것뿐이다. 이와 같은 방법으로도 충분히 성공할 수 있다는 사실을 알아두기 바란다.

물론 학교에서도 일상적으로 편지를 쓰도록 연습을 시켜야 한다. 경우에 따라서는 정확하게 문장을 쓰는 공부를 중요시해야 한다. 그만큼 교과서를 사용한 문법이나 작문 공부는 지금보다 가볍게 다루어도 된다.

첫 책은 논픽션을 선택하라

독서를 그다지 좋아하지 않는 사람, 지리에 대한 지식이 없는 사람에게 항해기나 기행문은 가장 좋은 읽을거리다.

그 다음은 뛰어난 전기다. 전기는 일반인들이 흥미를 갖기 쉽다는 점에서도 항해기나 기행문 다음으로 좋은 읽을거리다. 그리고 전기는 인격을 형성하는 데도 도움이 된다. 전기에 대한 공부는 역사나 지리와 마찬가지로 독립된 학문으로 다룰 만한 가치가 있다.

어떤 책을 읽을지는 지식과 경험이 풍부한 친구의 조언을 참고하면 될 것이다. 그런 친구는 보물 같은 존재로, 그런 친구가 가까이에 있다면 커다란 행운이 아닐 수 없다.

소설은 아무나 읽지 마라

소설에 대해서는 어떻게 조언해야 할지 쉽지가 않다. 소설이라고 하면 불필요하다는 의견이 있는데, 사실이 그렇다. 조언이 쉽지 않다는 것도 바로 그 때문이다.

소설은 그 내용이 현실에 가까울수록 재미있고 도움이 되기도 한다. "사실은 소설보다 기이하다"는 말도 있다. 어떤 경우든 현실이 그것을 흉내 낸 소설보다 낫다.

이렇게 말하면, 소설과 어깨를 견줄 정도로 생생하게 기록된 논픽션은 얼마 되지 않으며 좀 더 뛰어난 논픽션이 나올 때까지 즐기는 방법만 잘못되지 않았다면 소설도 괜찮다는 반론이 있을지도 모르겠다.

그러나 소설은 나이와 경험에 의해 분명한 지침을 가지고 있는 사람이 읽어야만 한다. 그런 사람이라도 여행기와 전기를 고를 때처럼, 아니 오히려 그 이상으로 친구의 조언이 필요하다.

독서할 여유가 조금밖에 없으며 얼마 되지 않는 시간을 최대한으로 활용하고 싶다면 소설은 아예 읽지 않는 편이 좋다. 소설은 일단 읽기 시작하면 한도 끝도 없이 빠져들게 된다. 그러나 평생 소설을 읽지 않는다 해도 크게 손해 볼 일은 없다.

와츠의 『지적 향상 방법』이라는 책의 한 장을 꼼꼼하게 읽는 것이 뛰어난 작가가 지금까지 쓴 소설 전부를 읽는 것보다 더 도움이 되지 않을까?

신문과 잡지는 잘 선택하라

그 외의 지적, 정신적 향상 수단으로 신문과 잡지가 있다. 이런 종류의 정보원은 발행 부수가 많고 값이 싸기 때문에 누구라도 쉽게 손에 넣을 수 있다. 이런 출판물에는 악영향도 많지만 현대인들은 이런 출판물에서 벗어날 수가 없다.

신문, 잡지는 많은 악영향을 끼치고 있지만 대체로 건전한 것으로 여겨진다. 신문과 잡지에서 도움이 될 만한 것을 최대한 끌어내기 위해서는 지혜가 필요하다. 그렇기 때문에 젊은 사람들에게는 어떤 경우보다도 경험이 풍부한 사람의 조언이 필요하다.

특별히 어떤 신문이나 잡지를 읽지 않으면 안 된다는 식의 이야기는 피하겠다. 이는 친구나 가족의 조언에 따라 결정해야 할 일이다. 여기서는 신문, 잡지를 선택할 때 젊은이와 그에게 조언하는 입장에 있는 사람들에게 지침이 될 만한 주의사항을 몇 가지 이야기하기로 하겠다.

우선 이제 막 창간된 신문은 그 경영 방침에 찬성할 만하다는 확신이 없는 한, 거기서 자신의 지침을 구하려 하지 말아야 한다.

또한 인간의 나쁜 면만을 전달하는 사건밖에 취급하지 않는 신문은 읽지 말아야 한다. 그런 기사는 다른 사람의 재난에 대한 동정심을 불러일으키기는 한다. 그러나 그런 기사들만 읽다 보면 결과적으로는 다른 사람의 괴로움에 무감각하고 무신경해지게 된다. 일단 그렇게 되면 고치기가 쉽지 않다.

관련성이 없는 사실이나 아무 도움도 되지 않는 단편적인 기사만을 싣거나, 혹은 더욱 나쁘게도 비현실적이고 소름이 돋을 것 같은 연애소설만을 싣는 신문은 읽지 말아야 한다.

좋지 않은 매스컴은 공공의 질서를 어지럽힌다. 늘 가까이에 있는 신문이나 잡지만큼 생활에 직접적으로 영향을 미치는 출판물도 없기 때문이다.

사람들은 신문이나 잡지에 대해서는 의심을 품지 않는다. 그러나 이것은 젊은 사람들의 정신과 도덕에 크게 영향을 미친다. 그 영향력은 앞서 말한 책의 영향력을 전부 합친 것보다도 크다.

그렇기 때문에 어떤 신문을 골라서 읽을 것인가 하는 문제는 굉장히 중요하다. 다시 한 번 말하지만, 적절한 성격의 신문을 골라서 읽으려면 매우 유능하고 믿을 만한 사람에게 조언을 청하고 그 말에 따르기를 권한다.

일기도 좋은 공부가 된다

앞서 편지를 쓰는 것이 좋은 공부가 된다고 말했다. 올바른 방법으로 쓰기만 하면 일기도 그에 못지않게 유익하다.

물론 기껏해야 글씨 연습이나 되고 꼼꼼한 습관을 들이는 것 외에는 도움도 되지 않는 일기도 있다.

한 젊은 농부가 몇 년 동안이나 일기를 써왔다. 그 일부를 소개하겠다.

> 7월 2일 건초를 만들기 시작했다. 오전 중, 풀을 베고 오후에 그것을 긁어모았다. 맑음.
> 7월 3일 오늘도 건초를 만들었다. 풀을 베어내 한 무더기로 쌓아올렸다. 흐림.
> 7월 4일 독립기념일. 오후에 ○○에 갔다.
> 7월 5일 비. 바깥일은 하지 않았다.

이와 같은 식으로 몇 년 동안이나 쓰다가 도움이 되지 않는다는 사실을 깨닫고 그만두었다고 한다.

유익한 일기를 쓰려면 다음과 같은 식으로 써야 한다.

> 7월 2일 건초를 만들어야 하는 계절이 돌아왔다. 나는 이 일을 매우 좋아한다. 특히 우리 지방의 겨울은 길고 춥기 때문에 건초는 크게 도움이 된다. 첫날부터 날씨가 매우 좋았다. 이런 날씨가 계

속됐으면 좋겠다.

갈퀴는 개량할 점이 많다. 풀을 긁어모으는 가벼운 일을 하는데 이처럼 무거운 갈퀴를 쓸 필요가 있을까? 무거운 갈퀴를 필요로 하는 작업을 할 때만 써야 할 것이다.

7월 3일 비가 내릴 것 같기에 오늘은 건초를 조금 많이 만들어야겠다 싶어서 꽤 힘들게 일을 했다.

몸이 좋지 않다. 잘은 모르겠지만 일을 지나치게 많이 한 탓이 아니라 차가운 물을 너무 많이 마신 탓인 듯하다. 내일은 좀 더 열심히 하자.

7월 4일 몇 발의 포성이 울리고 식사가 낭랑하게 흐르며 건배가 행해졌는데, 그게 대체 무슨 쓸모가 있단 말인지? 이와 같은 방법으로 독립기념일을 축하하는 것이 정말로 유익한 일일까? 떠들썩하지 않게, 조금 더 진실되게 독립을 기념할 만한 일은 할 수 없을까?

7월 5일 비. 어제는 날이 맑았으니 집에서 건초 만들기를 계속하는 편이 더 나았을지도 모르겠다. 넉 에이커나 되는 아버지의 목초지에서 풀을 서둘러 베어야만 한다. 나는 독립기념식에 참석하기가 더욱 싫어졌다. 내년에는 '볕이 들 때 풀을 말려라'라는 속담에 따를 생각이다.

일기 쓰는 법을 설명하기 위해 여기서는 평범한 농가의 일을 예로 들었다.

자신의 직업이나 일에 대해서 쓸 것이 없다는 사람이 있을지도 모르겠다. 그러나 그것은 매우 잘못된 생각이다. 실제로 일을 하다 보면 흥미로운 사건들이 많이 일어나며, 그중에는 참으로 귀중한 경험도 있다. 이외에도 일상생활에서 일어나는 일에 대한 생각 등 쓸 만한 것은 얼마든지 있다. 자신의 생각은 반드시 기록해 두어야 한다.

단순히 사실을 열거하는 데만 그치는 것이 아니라 자신의 생각을 덧붙이는 것은 벌거숭이 나무의 가지나 줄기에 잎을 무성하게 하고 열매를 맺게 하는 것과 같다.

앞서 제시한 예문은 참고로 든 것이지만 매우 무미건조한 내용이다. 시간이 있어서 생각이 한없이 피어오를 때는 몇 쪽이고 써 내려가도 좋을 것이다.

한 권의 노트가 '아이디어의 서랍'으로

공부로 세상에 도움이 되는 데 효과적인 방법이 있다. 조그만 노트와 펜을 주머니에 넣고 다니며 흥미로운 일이 있을 때마다 노트의 오른쪽 페이지에 적고, 시간이 어느 정도 흐르고 나면 노트의 왼쪽에 자신의 감상을 적는 것이다.

이런 식으로 책이나 신문에서 발췌한 내용을 기록해 두는 것도 좋은 방법이다. 독서를 할 때면 언제나 펜이나 연필을 준비해 두었다가 감상이 떠오르면 준비해 둔 수첩에 메모하는 사람도 있다.

이 방법은 앞서 말한 '여행 중에는 독서를 하지 말 것'이라는 주의사항과 모순되는 것처럼 보일지도 모른다. 그러나 잘 생각해 보면 그렇지 않다는 사실을 알 수 있다. 여행 중이나 식사 중에 독서를 하는 것과 일어난 일을 기록하는 것은 분명히 다르다. 기록은 자세히 관찰해야겠다는 마음을 불러일으키지만, 독서는 오히려 그런 마음이 누그러뜨리기도 한다.

결혼에
대하여

6

사랑은 자연계의
두 번째 태양이다.

결혼은
또 다른 학교

결혼은 매우 중요하고 관심이 가는 주제이다.

결혼은 먼 옛날부터 있었던 제도로, 형식은 바뀌어도 제도는 늘 존재했다. 또 그렇게 하지 않으면 사회를 유지할 수 없다.

결혼이 본래 지닌 목적이 어느 정도 달성되는가에 따라 사회 복지의 정도가 결정된다고도 할 수 있다. 이 둘은 온도계가 기온에 따라 올라가고 내려가는 것처럼 분명한 상관관계가 있다. 종교적 관심도 결혼의 목적이 달성되는 정도와 상관관계가 있는 듯하다.

결혼에는 인간의 행복과 관련된 요소가 많이 있다.

우정은 무엇과도 바꿀 수 없다는 말이 있는데, 특히 남녀의 행복한 연결에서 태어나는 우정은 참으로 멋진 것이다.

그리고 한 사람의 인간을 키우기에 가장 적합한 학교가 가정이다. 가정 없이는 완전한 교육 계획은 세울 수 없다. 남자와 여자 모두 결혼생활이라는 교육 단계를 거쳐야만 세상일에 대응할 수 있다.

"미혼은 아직도 완전히 교육을 받지 못했다는 뜻이다"라는 말이 있다. 지적, 신체적인 면은 말할 필요도 없고 도덕적인 면을 생각해 봐도 이 사실을 더욱 잘 알 수 있을 것이다.

부모님이나 교사의 역할은 누가 뭐래도 중요하다. 그러나 남편, 아내, 부모 그리고 보호자라는 인간관계 속에서 책임을 져야 하는 입장이 되었을 때 비로소 인간적으로 충분히 시련을 거쳐 성격이 확립되는 것이다.

결혼에 의해 인간관계가 시작되려면 어느 정도 나이를 먹어야 한다. 그 환경은 매우 독특해서 일반적으로 생각하는 것보다도 서로의 성격에 훨씬 더 많은 영향을 준다.

결혼은 평생 학교

결혼은 단기간에 그치는 것이 아니라 평생에 걸친 학교이다. 교사가 매해 바뀌어서 그때마다 학생들이 불편을 겪어야 하는 일반적인 학교와는 다르다. 학교도 교사도 평생 바뀌지 않는다.

일반적인 학교와 마찬가지로 좋지 않은 인물을 길러내는 경우가 있을지도 모른다. 그러나 결과야 어찌 됐든 인간을 길러내는 능력이 클수록 좋은 방향으로 그 능력을 키워 나갔을 때 가치 있는 일이 될 것이다. 이런 점을 고려해 본다면 조혼의 장점을 부정할 수는 없다.

여러 가지 사정을 고려해 봤을 때 조혼은 매우 바람직하다고 자신 있게 말할 수 있다. 조혼에 반대하는 사람들은 여러 가지 이유를 들기도 하고 정치학자나 경제학자들의 의견까지 인용하기도 한다. 그러나 조혼 찬성론을 버리게 할 만큼의 설득력은 없다.

가장 강력한 반대 이유는 조혼을 하면 가족을 부양하기가 어렵다는 것이다. 솔직히 말하자면 미혼이든 기혼이든 상관없이 누구나 자립해야만 한다. 실제로 해보면 얼마나 힘든지 알 수 있다는 반론이 있을지도 모르겠지만, 실상은 어떨까?

빨리 결혼하면 젊었을 때부터 아이를 갖게 된다고들 하지만 반드시 그런 것만은 아니다. 첫아이와 부모의 나이 차이가 35세나 되는 가정도 얼마든지 있으며, 40세가 넘어서 결혼했어도 많은 자식들을 둔 가정도 얼마든지 있다.

그런데 대가족이라도 늦게 결혼한 편이 더 훌륭하게 가족을 부양하지 않을까 하는 의문이 일기도 한다. 자식을 제대로 교육시킬 수 있을 만큼의 경제력이 부모에게 없는 것은 안쓰러운 일이다. 먹을 것이나 입을 것조차 없을 정도로 가난해서 고통을 겪는 가족을 보는 것도 괴롭다.

그러니 빨리 결혼한 사람과 늦게 결혼한 사람의 경제 상태를 자세하게 비교해 보는 것도 도움이 될 것이다.

내가 보아온 바로는, 빨리 결혼한 사람 쪽이 훨씬 좋은 결과를 보이고 있다. 늦게 결혼하는 것을 지지하는 의견 중 그 외에는 주목할 만한 것이 없다.

만혼의 폐해

젊었을 때부터 일가를 책임져야 한다는 사실에 불안해할지도 모르겠지만 늦은 결혼에서 오는 폐해는 그보다 심각하다.

사람은 나이를 먹을수록 성격이나 습관이 굳어져서 유연성을 잃어버리게 되므로 상대방에게 맞추기 힘들어진다. 그러므로 서로에게 영향을 주고 배우는 인간관계를 소홀히 하게 된다.

젊었을 때는 심신의 건강을 해치는 악습에 물들 위험성이 높다. 악습이라고까지는 할 수 없지만, 헛되이 시간을 낭비하거나 좋지 않은 놀이로 시간을 허비하는 습관이 들기 쉽다.

사람은 누구나 즐거움을 추구하려는 법이며 또 그래야만 한다. 따라서 몸을 망치는 유해한 놀이나 악습으로부터 몸을 지키려면 가정생활이 주는 애정과 즐거움을 젊었을 때부터 누리는 것이 좋다. 자라나는 아이들과 함께 살아가는 것은 멋진 일이다. 아이에게 거짓 없는 애정을 품고 있는 사람이라면, 즐거움이나 마음의 만족에 갈증을 느끼는 일은 결코 없을 것이다.

오랫동안 독신으로 살다 보면 아무래도 마음이 좁아질 수밖에 없다. 물론 나이 먹은 독신자 중에도 인정이 많고 도량이 넓은 사람들이 있다. 그러나 치사하고 욕심이 많으며 마음이 차가운 사람, 결혼생활을 통해서 타인에 대한 배려심을 배워야 할 사람들이 그보다 열 배는 많다.

늦게 결혼하는 데는 또 한가지 결점이 있다고 프랭클린은 말했다. 그것은 자식의 성장을 지켜보는 시간이 짧아진다는 점이다.

그것뿐만이 아니다. 같은 조건이라면 빨리 결혼하는 편이 경제적으로 유리하다. 빨리 결혼하면 근면하고 검약하는 습관이 몸에 익을 뿐만 아니라 하찮은 일로 시간을 보내거나 좋지 않은 놀이로 시간을 낭비할 기회도 적어지기 때문이다.

정신적으로나 육체적으로나 인간이 완전히 성숙하는 시기는 일반적인 생각보다 빠르지 않다는 설도 있다. 그러나 결혼하는 데 심신의 완전한 성숙이 반드시 필요할까? 어린아이 때 결혼하라는 말이 아니다. 상대방에 대한 애정이 무르익어 결혼하기까지는 어느 정도 시간이 걸린다. 게다가 굉장히 무거운 책임이 따르기 때문에 경솔함은 용납되지 않는다.

어떤 사람과
결혼할 것인가?

●

드디어 이 책에서 가장 중요한 주제를 다룰 때가
됐다. 지금까지는 한 사람 한 사람이 스스로를 향상시킴으로써 세
상에 도움이 되는 인간이 되기 위해 올바른 인생의 지침을 제시하
는 것이 목적이었다. 그러나 이번 장에서는 당신이 반려자를 구하
고 있다는, 즉 책임과 의무를 동반한 새로운 인간관계를 구하고 있
다는 가정하에 이야기를 진행하도록 하겠다.

결혼에 성공하면 본인 한 사람뿐만 아니라 두 사람을, 그리고 최
종적으로는 주변 사람까지도 정신적, 도덕적, 사회적으로 향상시
킬 수 있게 된다.

부부라는 관계에서는 서로가 교사의 역할을 수행해야 한다. 싫
다고 해서 그 역할을 포기할 수는 없다. 또한 학생의 입장이 되기
도 한다.

사람은 자신이 사랑하고 존경하는 사람과 함께 생활하다 보면

자연스럽게 그 사람의 버릇을 흉내 내게 되고 점점 성격이 닮게 된다. 이러한 모습은 오랫동안 사이좋게 살아온 부부 사이에서뿐만 아니라, 함께 일한 직원과 고용주 사이에서도 볼 수 있다.

성격뿐만 아니라 정신적, 육체적, 도덕적인 면을 모두 고려한 전인격도 마찬가지다. 부부는 평생 동안 서로 향상시키기도 하고 피해를 주기도 하면서 살아간다.

앞서 말했듯이 서로 교육하고 교육 받는 학교에 입학하면 50년 이상 유지하게 된다. 유아기를 제외한다면, 독신 시절의 1년에 비해 결혼 초의 1년은 인격에 매우 커다란 변화를 가져온다.

그렇기 때문에 학교에 들어가기 위한 준비는 결코 쉬운 것이 아니다. 평생에 이만큼 중요한 시기도 없다. 결혼만큼 본질적인 행복이 걸려 있는 일도 없기 때문이다.

결혼 상대자의 조건

최고의 친구라고도 할 수 있는 반려자에 어떤 조건이 필요한가에 대해 이야기하기 전에 결혼 상대를 고르기 위한 일반적 원칙에 대해서 이야기해 보기로 하겠다.

우선 완전무결한 사람은 존재하지 않는다는 사실을 기억하라.

요즘 청년들은 평생의 반려자로 피와 살을 가진 인간 대신에 천사와도 같은 사람을 그린다. 그런 이상형은 언젠가는 깨져버리고 만다. 적당한 시기에 꿈이 깨져서 단련된 사람은 오히려 행운이라고 할 수 있다.

두 번째는 부차적인 요소에 현혹되어서는 안 된다는 점이다. 부나 아름다움, 지위, 교우관계는 당연히 고려해야겠지만 그렇다고 해서 그것이 가장 중요한 사항은 아니다. 모두 부차적인 조건들이다. 결혼은 결코 거래가 되어서는 안 된다.

세 번째는 참된 애정이 없다면 결혼을 생각해서는 안 된다는 점이다. 냉정한 이해득실로 애정을 대신하거나, 집안의 재산이나 그 외의 좋은 조건, 귀족의 지위나 한 나라와 맞먹을 정도의 조건을 지녔어도 애정과 조건을 바꾸겠다는 생각은 절대 해서는 안 된다.

네 번째로, 부는 결혼의 첫 번째 조건은 될 수 없지만 경제력이 충분한가는 생각해 보아야만 한다.

다섯 번째로 적당한 나이의 결혼 상대를 선택해야 한다는 점이다. 같은 사람이라도 나이에 따라서 취향, 습관, 감정이 바뀐다는 점을 삼안할 때, 다른 조건이 같다면 자신과 나이 차이가 없는 상대와 결혼하는 편이 행복할 것이다.

나이 차이가 많아도 사이좋게 지내는 부부는 있지만 일반적인 예가 아니다. 그리고 나이 많은 사람이 훨씬 어린 사람과 결혼하면 장수한다는 것은 사실인 듯하다. 그러나 그만큼 상대방의 수명이 단축되는 것은 아닐까?

실제 나이보다 늙어 보이는 사람도 있어서 실제로는 20세인데 25세로 보이는 사람도 있다. 따라서 조금은 나이 차이가 있어도 상관은 없을 듯하다. 그러나 원칙적으로 부부는 거의 같은 나이여야 한다고 생각한다.

마지막으로 시련이나 고생을 경험한 적이 없는 사람은 가정생활에 적합하지 않다는 점을 알아두기 바란다. 이렇게 말하면 고생을 경험한 적이 없는 사람들은 웃을지도 모르겠지만, 현자들도 이와 같은 의견을 밝힌 바 있다.

고생을 경험하지 않은 사람은 충분한 교육을 받지 못한 것이라고 생각하는 사람들도 있다. 이런 사람들은 교육이 인격 형성에 도움을 주는 수단이라고 생각하고 있는 것이다.

이런 관점에서 보자면 마지막 원칙은 진실이라고 할 수 있을 것이다. 예수는 고난을 통해 완전해졌다고 성경에도 기록되어 있지 않은가?

함께 살 만한
사람일까

●

　　다른 장점이 있더라도 상식이 없는 사람은 사회생활에 적
합하지 않다. 얼마나 부적합한지는 그 사람이 얼마나 몰상식한지
에 비례한다고 한다. 옳은 말이다.

　여기서 말하는 상식이란 사물을 있는 그대로 보는 능력을 말한
다. 이는 인생의 일반적인 일에 관한 판단력과 식별력을 가지고 올
바른 예의범절을 갖추고 있다는 뜻이다.

　상식이 있으면 현명하게 행동할 수 있으며, 상황에 맞춰 사회적
으로 인정받게끔 처신할 수 있게 된다. 감정이나 편견에 휘둘리지
않고 이성적으로 행동하는 것이다.

　인간에게 있어서 상식이란 동물의 본능과도 같다. 일반적으로
알고 있는 천성이나 재능과는 다르지만 그것보다도 훨씬 뛰어난
것이다. 한낮의 눈부신 태양빛은 아니지만 언제나 변함없는 유익
한 빛이다.

발전하려는 사람을 만나라

제아무리 많은 장점을 가지고 있어도 끊임없이 발전하려는 마음을 겸비하고 있어야 한다. 아무리 현명한 사람이라 할지라도 이런 마음이 없으면 행복해질 수 없으며, 다른 사람을 행복하게 할 자격은 더더욱 없다. 일반적으로 필요하다고 여겨지는 자질이 부족하더라도 발전하려는 의지가 있으면 보충할 수가 있다. 그것은 사랑이 수많은 죄를 보상하는 것과 같다. 이런 마음이 없으면 장점도 쓸모없이 되어버리고, 발전하려 노력하면 모든 것이 갑절로 가치를 가지게 된다.

현명한 사람은 동물처럼 진보가 없는 상태에 있다는 것만으로도 부끄러움을 느끼기 때문에 스스로 발전하려 하는 법이다. 하루종일 혹은 1시간이라도 정신적인 발전 없이 만족하는 사람이 있다니 놀라운 일이다.

하등동물은 모든 것이 단숨에 완성되기 때문에 그 후부터 나이를 먹는 것 이외에는 무엇을 알려고도 하지 않고 바라지도 않으며 즐기지도 않는 상태가 되는데, 그다지 부끄러운 일이 아니다. 그렇게 살도록 태어났기 때문이다.

그러나 만물의 영장인 인간은 그렇게 살아서는 안 된다. 인간이 태양처럼 장수하더라도 배워야 할 것은 얼마든지 있으며, 그 절반도 배우지 못한 채 삶을 마감해야 한다.

요즘에는 처신을 바로하거나 다른 사람을 움직이기 위해서 지적, 정신적으로 발전하고 싶어 하는 사람이 눈에 띄지 않는다. 참으로 안타까운 일이다. 자신이 가장 소중하고 친구는 그다음, 이웃은 아예 생각하지도 않는 사람들이 대부분이 아닐까?

의복, 장신구, 주거, 가구 등은 단순히 물질적인 기쁨을 더해 주는 것뿐인데, 그들의 마음은 기껏해야 그러한 것들에 집착하는 정도인 것이다.

지성이나 마음을 향상시키는 것이 중요하다고 말하면 누구나 맞는 말이라며 고개를 끄덕인다. 그러나 지금까지와 다를 바 없는 삶을 살며 언제까지나 어리석은 짓을 되풀이한다. 고개만 끄덕일 뿐 제대로 이해하지는 못한 듯하다.

자신의 인간성을 좀 더 발전시킬 필요가 있다고 이해했던 사람조차 아무런 노력도 기울이지 않고 이기적이고 사회성이 없는 동물적 생활로 타락해 버리는 경우가 있다는 사실은 참으로 믿기 어렵다.

시간을 낭비하는 사람을 조심하라

어떤 사람은 매일 10시간, 12시간씩 자고 아침 해가 뜬 지 서너 시간이나 지나서야 간신히 일어난다. 오전은 거울 앞에서 화장하는 데 보내고, 그 후 점심식사 때까지 쓸데없는 방문이나 한다. 오후에는 하품하며 소설을 읽고, 저녁부터는 차 모임이나 파티, 무도회 등에서 자극적인 시간을 보낸 후 밤이 깊어서야 잠자리에 든다. 몸과 마음 모두 이상한 흥분 상태에 빠져 있기 때문에 잠들어서도 좋지 않은 꿈만 꾼다.

그처럼 귀중한 시간을 헛되이 낭비하면서 어떻게 만족할 수 있는 건지 나로서는 도저히 이해가 가지 않는다.

그런데 실제로 그런 사람들이 존재한다. 게다가 그런 사람들이 고립되어 사는 소수파라면 모르겠는데, 대도시에 사는 많은 사람들이 그런 생활을 하고 있다.

얼마 전에 어떤 도시에서 한 여성 자선가가 다른 사람들의 도움을 얻어 잡지를 창간했다. 들리는 말에 의하면 그 목적은 하루하루를 헛되이 보내고 있는 부인들이 어떤 식으로든 자선을 행하도록 하는 것이라고 한다.

이 잡지를 읽은 부인들이 무료한 시간에서 해방되고, 못 배우고 가난한 사람들에게 동정심을 품고 스스로 행동하게 하는 것이 그 자선가의 바람이었다. 그런데 안타깝게도 그 잡지의 기사는 길고 무미건조한 글로 작성되었기 때문에 독자들은 그 글을 끝까지 읽을 마음이 들지 않았던 듯했다.

결혼 상대를 찾고 있는 젊은 사람이 그런 상대를 만났다면(그런 사람은 전국 곳곳에 있는 법이다) 독가스를 만났을 때처럼 도망치기 바란다.

그런 사람과 교제하다 보면 마음 깊은 곳에서 불타오르고 있던 관대한 마음이 더욱 커지기는커녕 오히려 식어버리게 된다.

결코 식을 줄 모르는 뜨거운 향상심을 가지고 심신을 모두 발전시키려 하는 사람은 좋은 배우자가 된다. 이런 마음이 없다면 겉모습이 아름답고, 재산이 많고, 화려한 인간관계를 맺고 있고, 재능을 겸비했더라도 조심해야 한다.

평생 독신으로 사는 것은 좋지 않은 일이지만, 그런 여성과 결혼할 바에는 차라리 혼자 사는 편이 나을 것이다.

그런 사람에게는 가능한 한 동정심을 품고 생활태도를 교정해 줘야 하지만 사랑해서는 안 된다. 사랑하게 되면 참으로 견딜 수 없는 빚을 받게 될 것이다.

분위기보다 신념을 택하라

남편과 아내 모두 어떤 경우에라도 자신의 신념에 따른 행동을 서로 존중하기로 결혼 전부터 약속해 두어야 한다. 그리고 그 약속은 깨지지 않아야 한다. 이것은 처음부터 결정해 두어야 할 일이다. 그러나 그런 약속을 전혀 하지 않는 것보다는 늦게나마 하는 편이 좋다.

아내는 어떤 경우에라도, 심지어는 자신의 신념에 반하는 경우라도 남편의 의견에 따라야 한다고 생각하는 남자의 편은 들어주고 싶지가 않다. 물론 아내가 때때로 자신의 뜻을 꺾고 남편의 의견에 따르는 것은 좋은 일이며, 도리에도 맞는 일이라고 생각한다.

젊은 부부가 사소한 의견 차이로 제3자에게 심판을 부탁하는 것은 꼴사나운 일일 뿐만 아니라 타인에게도 피해를 주는 일이다. 그렇다면 남편과 아내가 자신의 주장을 내세우며 서로 양보하려 들지 않을 때는 어떻게 하면 좋을까?

남편을 깊이 신뢰하는 현명한 아내라면 급한 일이 있을 때는 남편의 의견에 따르는 편이 좋다는 사실을 알고 있다.

그러나 자발적으로 그렇게 하는 경우라면 몰라도, 대부분의 일들은 그 자리에서 의견 일치를 보거나 결정하지 않아도 좋은 것들이다.

단지 남편을 기쁘게 해주기 위해서 좋고 나쁨도 생각지 않고 남편의 의견에 따르는 것은 결코 바람직한 일이 아니다. 아내도 마음과 의견을 가지고 태어났으니 그것을 지키지 않으면 안 된다. 그러나 남편과 아내 모두 같은 의견을 갖고 있으면서도 고집을 부리느라 일부러 상대방의 의견에 따르지 않는 것은 더욱 큰 잘못이다.

남자를 위한
조언

●

성실한 청년이 아니라면 성실한 아내는 기대할 수 없다. 성실함이란 술을 많이 마시지 않는 등의 일을 말하는 것이 아니다. 남자에게든 여자에게든 과음이 좋지 않다는 것은 말할 필요도 없는 사실이다. 정상적인 청년이라면 그 점에 대해서는 특별히 조심할 필요도 없을 것이다. 과음하면 청결이나 품위를 지킬 수 없기 때문이다.

젊은 여성의 성실함이란 금주보다 넓은 의미에서의 성실함을 말하는 것으로 행동이 착실하고, 견실하고, 참되고, 주의 깊음을 뜻한다.

언제나 함께 생활하는 사람이 성실하다는 것은 매우 중요한 일이다.

성실함은 신뢰를 부른다

한 작가는 다음과 같이 말했다.

성실한 사람 특유의 여러 가지 장점을 갖춘 여성을 만나지 못했다면 나는 평생 독신으로 살았을 것이다.

언제나 의욕에 넘치고 어떤 경우에라도 낙담하지 않는 나의 모습을 보고 놀라는 사람도 많다.

사실 지난 40년간 수많은 고통과 실패를 겪었으며, 강력한 적도 수없이 만났고, 그와 동시에 사람들이 쉽게 경험하지 못했을 법한 힘겨운 정신 노동도 경험했다.

그러나 나는 지금까지 진짜 걱정은 한 번도 해본 적이 없었다. 고생도 고생이 아니었으며, 의기소침이라는 말은 알지도 못한다. 게다가 어떤 독신자보다 밝고 걱정거리도 적다.

언제 봐도 의욕에 넘쳐난다고들 하는데, 우울해할 이유가 없기 때문이다. 가난 따위는 마음에 둔 적도 없기 때문에 부자가 되고 싶다는 유혹에 흔들린 적도 없었다. 가정과 아이들에 대해서는 언제나 성실한 태도를 잊지 않으려 노력하고 있다.

성실함은 사람들로부터 신뢰를 얻기 위한 자격이다. 젊은이들은 성실함을 무엇보다도 값진 보물이라고 생각해야 한다.

의심과 불안을 마음에 품은 남편만큼 불쌍한 사람도 없다. 아내의 부정에 대한 의심을 말하는 것이 아니다. 아내가 절약하고 있는지, 남편의 이익을 생각하고 있는지, 아이들의 건강과 교육에 신경을 쓰고 있는지에 대한 불안이다.

온갖 곳에 열쇠를 채우지 않고는 외출하지 못하는 남편, 아내에게 맡겨두어도 자신이 손에 쥐고 있는 것처럼 안전하다고 확신하지 못하는 남편은 불쌍하다.

나는 가정과 아이들을 두면서 말로는 표현할 수 없는 기쁨을 맛보았다.

이처럼 귀중하고 신뢰할 수 있는 아내를 얻으려면, 가능한 한 이성적으로 상대를 선택해야 한다. 자신의 미모를 자랑하고, 화려한 것을 좋아하고, 듣기 좋은 말을 좋아하고, 놀기를 좋아한다면 결코 믿을 만한 아내는 될 수 없다. 성격은 바꿀 수 없는 법이다. 그런 여성과 결혼해 놓고 그녀에게서 신뢰할 만한 행동을 바란다면 잘못이다.

상대방이 앞서 말한 것과 같은 성실함을 갖추고 있는 여성이라면 남편도 곧 믿음에 값히는 행동을 해야 한다. 이럴 경우 서로가 신뢰감을 품고 있지 않으면 안 된다.

신뢰를 얻으려면 처음부터(결혼 전부터) 자신이 아무런 의심이나 불안을 품고 있지 않다는 사실을 보여주어야 한다. 너무 불만을 많이 토로해서 좋은 아가씨의 사랑을 잃는 남자들도 많다. 여성은 질투심 많은 남자를 싫어하므로, 그런 남자와 결혼하려 한다면 그 동기는 애정 이외의 것일 가능성이 높다.

질투는 파멸을 부른다

사람은 원래 남들이 생각하는 대로 되어가는 경향이 있다. 따라서 의심하거나 질투하지 않도록 주의하지 않으면 자신이 가장 두려워하는 결과를 맞게 된다.

다음으로 이야기할 것은 미혼이든 기혼이든 의심이 많고 질투심이 많으면 어떤 결과를 초래하는지를 보여주는 실례이다.

지적 직업에 종사하는 한 남성이 불행하게도 의심 많은 성격을 갖고 있었다. 그에게는 C씨라는 세상에서 가장 좋은 친구가 있었다. 그런데 무슨 이유에서인지 C씨를 자신의 적이 아닐까 의심하기 시작했다. 처음에는 진실과 전혀 관계가 없던 사실이 결국에는 현실이 되어버리고 말았다.

그가 질투심만 품지 않았더라면 C씨는 여전히 가장 좋은 친구로 남았을 텐데, 그가 여러 가지로 수를 썼기 때문에 유능한 C씨는 직장을 잃고 말았다.

앞서 소개한 작가의 글을 계속해서 인용해 보기로 하겠다.

독자 여러분도 노동자들이 아이들을 한없이 사랑하는 모습을 관찰해 보면 좋을 것이다.

그들은 자신의 초라한 식사를 아껴가면서까지 아이에게 좋은 옷을 입히기 위해 애쓴다. 아버지들은 매일 말처럼 일하고 돌아와서는 아내가 저녁 준비를 하는 동안 아기를 돌본다. 아버지와 어머니 모두 아이들에게 배고픔을 느끼게 하지 않기 위해서 자신들은 배불리 먹지 못하고 참는다.

이렇게 말이 아니라 행동으로 나타나는 그들의 참된 애정을 관찰해야 한다. 그러고 난 다음에 훌륭한 사람이나 부자들의 생활로 시선을 돌려보기 바란다. 그러면 평생의 반려를 고를 때 가난 따위는 조금도 겁낼 필요가 없다고 생각하게 될 것이다.

성실하지 못하면 좋은 아내는 될 수 없다

정열적인 청년은 젊은 여성이 성실한 것은 인간적인 따스함이 부족하다는 증거가 아닐까 생각한다.

그러나 오랜 경험을 통해서 사람을 관찰해 온 이들은 그와 반대라는 사실을 알고 있다. 가벼움은 정열이 없음을 나타내는 것이다.

그리고 분방한 성격은 애정과는 양립할 수 없다. 그와 같은 사람의 정열은 동물적이다. 천박하고 차분하지 못한 마음을 가진 사람에게는 대부분 정열이 없다.

그렇다고 경솔함이나 느긋함에 지나지 않는 행동을 지나치게 엄격하게 판단해서는 안 된다. 그와 같은 행동은 체질이나 국민성 때문이기도 하다.

젊은 여성이 지나치게 성실하면 음침해 보인다고 생각하는 것은 커다란 착각으로, 사실은 그와 다르다.

어렸을 때부터 깨달은 사실이 있는데, 남녀를 불문하고 술을 마시면 활달해지는 사람이 술을 마시지 않으면 따분하고 재미없다는 것이다.

그들은 자극이 없으면 뭍에 오른 물고기처럼 더 이상 살아가지 못한다. 그 자극은 술, 홍차, 커피, 향신료에 의해 불건전하게 가공된 식품 등이다. 그들은 이런 것이 전혀 없을 때만 지적 자극을 추구한다.

무절제란 몸에 좋지 않은 향신료나 첨가물을 사용하는 것에만 국한되지 않고, 마음이나 지성을 해치는 자극을 추구하는 것까지도 일컫는다.

소박한 식사나 물만으로 살아갈 수 없는 사람은 평범하고 견실한 가정생활과 사회생활을 견뎌내지 못하거나 따분하기 짝이 없다고 생각한다. 그런 사람들은 도리를 알지 못한다.

자신의 일조차도 제대로 하지 못하는 여성이 가정에서든 바깥에서든, 결혼을 했든 독신이든 대체 무슨 도움이 되겠는가? 그런 여성들은 축하연이나 파티, 연극, 소설 혹은 자신이 알지 못하는 흥분을 주는 일을 즐길 때나 그런 일을 부푼 마음으로 기다릴 때 이외에는 불행하다고 생각한다. 그런 여성과 평생을 함께해야 한다면 그것은 재앙이다.

경제력을 따지는 여성은 피하라

사리에 밝은 남성은 욕심 많은 여성을 보기 싫어한다. 욕심 많은 사람이나 돈의 노예가 된 남자도 보기 싫기는 마찬가지지만, 돈의 노예가 된 여성을 누가 견뎌낼 수 있겠는가?

아내가 남편에게 최고의 내조를 하기 위해 정신적인 면뿐만 아니라 물질적인 면에서도 남편을 도우면 안 될 이유는 없다. 자신은 일하지 않고 오로지 남편의 부양을 받기 위해 경제력이 없으면 결혼하지 않겠다는 여성도 많다. 그런 말을 하는 사람들은 성실한 사람은 아닌 것 같다.

남녀를 불문하고 가난은 죽음보다 불행하다고 말하는 사람들이 있는데, 그들은 정말로 가난을 두려워하는 것은 아니다.

여성 중에는 결혼생활을 경제적인 걱정이나 고생이 전혀 필요 없는 것이라 생각하고, 그렇게 고생해야 한다면 평생 독신으로 살거나 죽는 편이 낫다고 말하는 사람들도 있다. 상식적으로 생각해봐도 결혼하면 경제적인 고통을 겪거나 일을 해야 하는 것이 당연한 의무라고 여겨지는데도 말이다.

그런 여성은 제아무리 뛰어난 장점을 갖고 있어도 피해야 할 것이다.

게으른 여성은 피하라

몸을 움직이는 것보다 아무것도 하지 않는 것을 좋아하며, 근면보다 게으름을, 노동보다 안일을 좋아하는 여성, 평생 남들처럼 일해야겠다고 야무지게 각오하지 않은 여성은 사회생활이나 가정생활에 적합하지 않다.

90세가 된 한 노부인이 좋은 이야기를 들려주었다. 그녀는 일하기 위해서 태어났으며, 파란만장한 생애 동안 언제나 일을 해왔고 지금도 여전히 건강하게 일하고 있다고 말한다.

"어째서 부자가 되는 것이 의무인 양 모두들 혈안이 되어 있는 걸까?"라고 그녀는 말했다.

이 말은 인간은 전력을 다해서 일해야 하지만 몸이나 정신을 혹사하지는 말 것이며, 부자가 되기 위해서 일하는 것이 아니라 의무이자 행복이기 때문에 일한다고 생각해야 한다는 뜻이다.

인생의 가장 큰 목적 중 하나는 좋은 행동을 하는 것이고, 사회의 가장 큰 목적은 좋은 행동을 하는 능력을 키우는 것이다. 남편과 아내 모두 결혼생활을 통해 좀 더 많은 면에서 도움을 줄 수 있는 사람이 되는 것을 목표로 삼아야 한다. 그러나 재산을 늘려야겠다는 것은 수준이 낮고 하찮은 목표이다.

어머니가 게으르면 아이들까지 그런 버릇이 들고 만다. 아무리 중요한 일이라도 끝까지 하려 들지 않으며, 그나마 제대로 해내지도 못한다.

이는 아무리 돈이 많아도 결코 바람직한 상황이 아니다. 일이 없는 인생은 견디기 어렵다. 따라서 지위, 신분에 상관없이 게으른 여자는 좋지 않다.

아내의 낭비는 파멸의 지름길

검소는 사치의 반대말이다. 인색함이나 가난함을 말하는 것이 아니다. 필요 없는 지출은 줄이고 불필요한 물건은 사지 않는 것을 말한다. 검소함은 생활 수준을 떠나서 결혼 상대를 고를 때 중요한 조건 중 하나다.

물건이나 돈이 넘칠 정도로 많은 사람들의 유일한 고민은 그것을 어떻게 쓰느냐 하는 데 있는 것처럼 보인다. 광대한 토지를 소유하고 있으면서도 아내의 사치 때문에 파산해 버린 사람은 얼마나 많은가? 숫자상으로는 남편의 사치가 원인이 된 경우가 더 많을 테지만, 일가의 재산을 절약하고 유지하는 것이 의무인 주부의 낭비 때문에 파산한 경우도 헤아릴 수 없이 많다.

든든한 재산을 가지고 있던 사람들조차 이렇게 되는 판이니, 평범한 가정의 아내가 검소하지 않다면 어떻게 되겠는가? 대부분의 가정이 그렇지만 아내가 수입과 지출 모두를 관리하고 있는 경우는 특히 치명적이다. 그런 가정은 파멸을 피할 수 없다. 파멸의 원인은 아내의 낭비만으로도 충분하다.

낭비벽이 있는 아내를 막기란 그리 쉬운 일이 아니다. 그러나 사랑 때문에 눈이 완전히 멀지만 않았다면 여성의 낭비벽은 간단히 꿰뚫어 볼 수 있다.

옷이나 그 외의 조그만 물건들을 자제하지 못하는 여성은 가정을 꾸리지 못한다. 그녀가 사치를 부려서 신분에 맞지 않는 물건이나 명품을 사거나, 그다지 멋있어 보이지는 않지만 실용적이고 오래가는 물건 대신 화려하지만 금방 못쓰게 되는 물건을 좋아한다면 그런 성격은 평생 바뀌지 않을 것이라고 생각해도 좋다.

그녀가 사치스러운 음식이나 가구나 오락을 좋아하고 돈이 드는 것만을 좋아하거나 부자들의 화려한 옷에 감탄하며 흉내 내고 싶어 한다면, 남편의 지갑을 쥐고 있어도 절약은 하지 않을 것이라고 생각해도 좋을 것이다. 그러니 그녀에게 이별을 고할 수 있다면 가능한 한 빨리 하는 것이 좋을 것이다.

이런 성격을 가진 아가씨와 결혼한다는 것은 곧 파멸을 의미한다. 재산도 평화로운 생활도 구할 수 없다. 그녀를 위해 일해서 자동차를 사주면 좀 더 커다란 차를 원하며, 큰 차를 사주면 이번에는 외제 차를 갖고 싶어 한다. 외제 차를 사준다 해도 다른 친구는 훨씬 훌륭한 차를 갖고 있다며, 남편이나 자신 중 어느 한쪽이 죽을 때까지 끊임없이 남편을 괴롭힌다. 그런 상태가 계속되는 한 남편은 한시도 심신을 쉴 수 없다.

이성은 그녀에게 결코 최고가 될 수 없다는 사실, 그 앞에서 멈춰 서야 한다는 사실, 따라서 경쟁을 위해서 돈을 쓰는 것은 돈을 버리는 것과 다를 바 없는 일이라는 사실을 가르쳐준다. 그러나 이성과 팔찌는 좀처럼 서로를 받아들이려 하지 않는다.

번쩍번쩍하는 싸구려 금속을 몸에 지니고 있으면 아름다워지기는커녕 오히려 더욱 추해질 뿐이다. 그 사실을 깨닫지 못하는 여성은 결국 후회하게 된다. 요즘 세력을 떨치고 있는 한심한 풍조에 용기를 지니고 맞서지 않는다면 전폭적인 신뢰를 받을 자격은 없는 셈이다.

인간다운
삶을
위하여

7

당신을 근심하게 하는 것이
당신을 지배한다.

친구를 보면
그 사람을 알 수 있다

젊은 사람에게 이성 친구도 중요하지만 그에 못지않게 좋은 동성 친구를 두는 것이 중요하다. 특히 자신을 향상시켜서 유능한 사람이 되어야겠다고 생각하는 사람에게는 없어서는 안 될 존재이다.

친구를 선택할 때는 매우 주의해야 한다.

"친구를 보면 그 사람을 알 수 있다"는 속담이 있다. 친구에게 크게 영향을 받는 것은 누구나 경험하는 일이다. 그런데도 이 속담을 우습게 여기거나 무시한 탓에 돌이킬 수 없을 정도로 평판이 떨어져버린 사람이 많다.

루셔스라는 매우 내성적인 청년이 아는 사람이라고는 딱 한 명밖에 없는 지방으로 이사를 갔다. 유일하게 아는 프레드릭은 주위 사람들에게 경멸의 대상이었다. 그러나 아무와도 만나지 않는 생활을 견딜 수 있는 사람이 있을까? 프레드릭과 함께 있는 루셔스의 모습이 눈에 띄기 시작했다. 다른 친구들이 앞일을 걱정해서 열심히 충고했는데도 말이다.

그는 세상 물정을 잘 모르는 청년들처럼 가끔 산책하거나 이야기를 나누는 정도는 해가 될 것이 없다고 생각했다. 어쩌면 루셔스는 '내가 그를 올바로 인도할 수 있을지도 모른다'는 생각을 품고 있었을지도 모른다. 어쨌든 프레드릭만이 이야기를 편안하게 할 수 있는 상대였기 때문에 가끔 그와 만나곤 했다.

그 결과 루셔스는 행실이 좋지 않은 사람의 마음을 돌리기란 그리 쉬운 일이 아니라는 사실을 깨닫게 되었다. 프레드릭의 마음을 돌리기는커녕 그것이 쉬운 일이 아니라는 사실을 깨달은 순간은 이미 모든 것이 늦어버린 뒤였다.

프레드릭과 친하게 지냈기 때문에 루셔스는 자신이 다니는 회사에서 좋지 못한 평판을 얻게 되었다.

이 이야기는 친구는 조심해서 골라야 한다는 사실을 말해 주고 있다.

목사나 전문적으로 나쁜 사람을 대하는 사람은 그들 속에 들어가 그들을 교정하려 해도 그다지 위험하지 않을 것이다. 예수는 세리관이나 죄인들과 음식을 함께 먹었다. 세상 사람 모두 그들을 구제하기 위한 행동이라는 사실을 잘 알고 있었다. 그러나 세상의 비난에서 완전히 자유로울 수는 없었다.

인간은 모방의 동물로, 자신과 관계를 맺고 있는 사람들의 태도나 버릇, 사고까지도 따라 하게 된다. 그런 사실을 이해하고 있는 사람은 많지 않다.

젊은 사람이 나쁜 친구와 사귀게 되면 사람들로부터 좋지 않은 소리를 듣게 될 뿐만 아니라, 나쁜 친구와 만날 때마다 자신의 장점도 잃게 된다.

평범한 사람이 아니라 높은 품격을 갖춘 사람을 친구로 삼을 수 있다면 가장 좋다.

이는 사람들이 생각하는 것만큼 어려운 일이 아니다. 어디 가나 가치 있는 친구를 만드는 사람은 있게 마련이다. 가치 있는 친구란 완벽한 인격을 갖춘 사람을 말하는 것이 아니다. 순수한 의미에서 완전무결한 사람은 존재하지 않는다. 가치 있는 친구는 자신을 인격적으로 크게 성장시켜 줄 만한 인격을 지닌 사람을 말하는 것이다.

친구를 많이 둘 필요는 없다. 알고 지내는 사람이 많은 것이야 상관없지만, 친한 친구는 많이 두지 않는 편이 좋다. 그러나 진정한 친구라고 부를 수 있는 친구가 한 명이라도 있다면 행복한 것이다.

진정한
우정에 대하여

진정한 우정이 어떤 것인지를 제대로 이해하고 있는 사람은 그리 많지 않다. 젊은 시절에는 더욱 그렇다. 감수성이 예민한 젊은이에게 우정이란 가식에 지나지 않는다는 생각은 상당히 괴로운 일이다. 그런데 친하게 지내는 사람은 많아도 친구라고 부를 만한 사람은 한 명도 없는 경우도 있다. 친구라면 그 증거를 보여주는 법이다.

그저 웃기만 하는 얼굴을 우정의 표시라고 생각해서는 안 된다. 물론 우리는 언제나 명랑해야 한다. 진정한 미소를 보고도 마음이 편안해지지 않는 사람이 있을까? 모든 사람들이 상냥한 태도로 타인을 대한다면 언제나 밝고 행복하게 살아갈 수 있을 것이다. 상냥하게 웃는 얼굴과 친절한 말은 우정의 표현 중 하나로, 그런 표현이 있어야 우정도 자라게 되는 것이 사실이다.

누구나 한 번쯤은 "말을 교묘하게 하고 얼굴빛을 꾸미는 자 중 착한 이는 드물다巧言令色鮮矣仁"는 말을 들어본 적이 있을 것이다.

제아무리 상냥하게 웃는 얼굴로 대하더라도 그것만 가지고는 친구라고 할 수 없다. 참된 우정에는 그 이상의 무엇인가가 있어야만 한다. 미소와 친절한 말의 가치와 효과를 모르는 사람은 없으므로 그것을 도구로 삼아 겉모습을 꾸미는 사람들도 적지 않기 때문이다.

첫 대면부터 찡그린 얼굴로 무뚝뚝하게 이야기를 주고받아서는 절대로 사람을 사귈 수 없다. 그런 태도를 취한다면 사람들에게서 초대를 받기는커녕 쫓겨나게 될 것이다. 그렇다고 해서 일부러 지어낸 듯한 웃음과 간지러운 목소리를 내는 것은 더욱 좋지 않은 일이다.

잘 알지도 못하는 사람이 친한 척 접근해 오는 경우는 대부분 다른 속셈이 있는 것이다. 목숨이나 재산, 명성 등과 같이 분명한 목적은 없더라도 그런 사람들은 기회만 있으면 무엇이든 얻으려 한다.

다시 한 번 말하겠는데, 친구라면 그 증거를 보여주는 법이다. 그 증거를 어떤 방법으로 보여줘야 하는가가 쉽지 않은 문제이다.

나무는 그 열매로 알 수 있다는 말은 우정에도 그대로 적용할 수 있다. 그러므로 참된 우정이란 표정이나 말뿐만 아니라 행동을 동반한다.

일반적으로 알려진 멋진 우정 이야기는 유익한 교훈을 주기도 하지만 잘못 받아들이면 해를 끼치기도 한다. 다몬과 피티아스의 이야기가 그 예라고 할 수 있다. 다몬은 모반죄로 사형을 선고받은 친구 피티아스를 위해 스스로 인질이 된다. 피티아스를 집으로 보내 집안일을 정리하고 오게 하기 위해서였다. 그런데 약속 시간이 다 됐는데도 피티아스는 모습을 드러내지 않았다. 왕은 하는 수 없이 피티아스 대신 다몬을 처형하려 했는데, 그 순간 피티아스가 사형장에 모습을 드러냈다. 두 사람의 우정에 깊이 감동한 왕은 죄를 사해 줬다고 한다.

이런 종류의 이야기는 일상적인 생활이나 대화와는 거리가 멀다. 평범한 사람들은 상대방의 결점, 특히 사소한 결점을 관대하게 봐주는 사람을 최고의 친구라고 생각하게 되는 것이다.

다몬과 피티아스는 서로를 위해 기꺼이 죽을 준비는 되어 있었지만, 과연 서로를 위해 살았는지는 분명하지 않다. 그들은 서로의 과오를 바로잡고 결점을 고쳐주어 상대방의 인격을 가장 높은 곳까지 고양시키려 했던 것일까?

부모와의 우정

자애로운 아버지나 어머니가 아이들에게 품는 우정은 참된 우정이라 할 것이다. 부모만큼 자식의 결점을 잘 알고 있는 사람도 없기 때문이다. 그러므로 자식의 참된 친구 역할을 수행할 수 있는 사람으로 부모 이상의 적임자는 없다.

그러나 모든 부모들이 자식에게 참된 친구가 되어주는 것은 아니다. 개중에는 필요에 의해서든 자신이 좋아서든, 너무 바빠서 자식에 대한 우정을 표현할 여유가 없는 부모들도 있다. 또는 자식을 너무나도 사랑한 나머지 아이의 결점을 보지 못하는 부모들도 있다. 참된 우정이란 무엇인지, 상대방이나 자신에게 어떤 책임이 있는지 전혀 알지 못하는 사람들이 훨씬 많은 것이다.

젊은이들은 지금 당장이라도 양친의 우정을 얻기 바란다. 여기서 양친이라 함은 글자 그대로 부모, 즉 아버지와 어머니 두 사람을 의미한다. 누구나 아버지나 어머니 둘 중 어느 한쪽이 더 좋다고 생각할 것이다. 나쁜 일이 아니다. 그렇더라도 아버지와 어머니 모두와 진지하게 우정을 추구해야 한다.

진지하게 추구하며 부딪히다 보면 지금까지 그다지 좋아하지 않았던 아버지 혹은 어머니가 가장 믿을 만한 친구였다는 사실을 알게 될지도 모른다. 이런 경우, 어느 한쪽의 부모가 자식을 너무나도 사랑한 나머지 결점을 보지 못하는 위험성은 줄어들 것이다.

부모가 이런 습관을 갖는 일은 처음에는 어려울 것이다. 부모는 자기 아이의 결점을 인정하려 들지 않고, 그것을 바로잡으려 하지 않을지도 모른다. 그러나 자식이 노력한다면 머지않아 부모도 변할 것이다. 그렇게만 된다면 부모가 교육에 미치는 영향은 상당히 커진다. 물론 부모의 힘은 만능이 아니다. 그래도 부모는 굉장히 귀중한 보물이다.

부모가 참된 우정을 품게 하고 그것을 행동으로 드러내게 한다는 것은 쉬운 일이 아니다. 게다가 요즘에는 자식들이 부모의 마음을 바꿔보려는 노력을 그다지 하지 않는다.

젊은 사람이 부모와 친구처럼 지내는 것은 극히 드문 일이다. 부모가 먼저 손을 내밀어도 젊은 사람이 기꺼이 받아들이는 방법을 알지 못한다.

부모가 모든 면에서 자식의 참된 친구가 되기 위해 교육을 받았다면 젊은 사람은 어렸을 때부터 부모의 우정을 맛보게 된다. 그런 행복에 익숙한 젊은이는 자신이 부모가 되었을 때 자신이 맛본 행복한 관계를 자식과 맺을 수 있다. 이런 인간관계가 대대로 이어져 내려간다면 얼마나 멋진 일이겠는가?

그와 같은 가정에서는 부모뿐만 아니라 형제자매들과도 친구처럼 지내게 될 것이다. 참된 우정을 가지고 서로를 대하는 형제자매들은 자신의 행복이나 이익을 바랄 때처럼 가족 한 사람 한 사람에게 신경 쓰고 한 사람 한 사람의 성장과 발전을 바란다.

건강한 생활의 근원인 가족 속에 이렇게 바람직한 사이가 형성

되어 점점 확대된다면 결국 인류의 형제애도 아름답게 커 나갈 것이다.

자신을 전부 내보일 수 있는 용기를 갖자

젊은 사람은 남을 돌보거나 우정을 추구하기는커녕 남을 이용하려다가 자신의 품성을 떨어트리는 경우가 많다. 가족 이외의 모든 사람을 이용하려 하는 것이다.

물론 그런 일은 절대로 있어서는 안 된다. 그러므로 모든 사람들이 참된 우정의 가치를 깨달아야 한다.

젊은 사람들은 참된 우정의 본질과 가치를 주위 사람들에게 알리기 위해 온 힘을 다해 노력해야 한다. 나는 청년들이 이런 사명을 수행하기를 바라고 있다. 이 사명을 수행하기에 가장 적합한 사람이 청년이므로.

50세, 60세가 되면, 아니 앞으로 10년도 지나지 않아서 허울뿐인 우정으로 이 세상이 가득 차게 될 테니. 젊은 사람이 더 순수하다거나 도덕적이라고 말할 생각은 없다. 다만 젊은이들이 더욱 감수성이 풍부하고 마음이 부드럽기 때문이다.

요즘에는 젊은이의 권리나 의무 등에 대해서 여러 가지 말들이

오가고 있는데, 대부분은 이치에 합당하다. 과학, 문학 그리고 정치 분야에서도 젊은이들의 활약을 무시할 수 없다. 그런 면에서 젊은 이들이 사회적, 도덕적, 종교적 방면에서도 좀 더 활약해 주기를 바란다. 물질계와 지적 세계는 모두 정신계를 위해서 만들어진 것이지, 그러한 것들을 위해서 정신계가 만들어진 것은 아니다. 우리는 때로 이 사실을 잊곤 한다.

여기서 다시 한 번 말하겠는데 자신의 결점이나 과오 또는 죄를 주위 사람들에게 숨기지 말아야 한다. 전장에서 부상을 당한 병사가 의사에게 상처만 보이는 것이 아니라 몸 전체를 잘 봐달라고 하는 것처럼, 젊은이들은 부모에게 자신의 성격을 모두 내보여야 한다.

인생항로를 아무런 흠집 없이 살아온 사람은 없을 것이다. 좋지 않은 습관이 있을 것이며, 그것도 한두 가지가 아닐 것이다. 그중에는 중요한 것도 있을 것이고 커다란 의미는 없는 것도 있을 것이다.

어쨌든 자신에게는 전부 상처가 되는 것들이다. 어떤 것은 결점 혹은 단점이라 불리고, 어떤 것은 죄라고 불릴지도 모른다. 어떤 것이든 가능한 한 빨리 없애는 것이 자신을 위한 일이며, 또 당연히 해야만 하는 일이기도 하다.

이 쉽지 않은 일을 이룰 수 있도록 도움을 주는 것이야말로 친구의 역할이다.

아내와 남편 사이에도 참된 친구와 같은 관계가 있어야 한다. 부모나 형제자매 사이는 말할 필요도 없을 것이다. 이런 참된 친구가 없다면 세상은 황량해지고 말 것이다.

'인간의 가치'를
묻는다

●

　　자만과 자신을 올바로 평가하는 것은 전혀 다른
문제라는 사실을 잊어서는 안 된다. 자신을 올바로 평가하는 것은
우리들의 의무이지만, 자만은 어떤 경우에라도 잘못이다.

　세상에서 자신의 사명을 다하기 위해서는 자신을 올바로 평가
해야만 한다. 자신의 가치를 지나치게 높게 보거나 낮게 보지 말고
있는 그대로 평가하는 것이 무엇보다 중요하다.

　자신을 과대평가할 뿐만 아니라 그것을 큰 소리로 떠들고 다니
는 사람들이 참으로 많다. 그런 사람들은 높은 인격을 형성하는 것
이 불가능에 가깝다.

　다시 한 번 말하지만 자신을 과대평가하는 것과 자신의 가치를
높이 인정받는 것은 전혀 다른 문제이다.

　젊은이들 중에는 스스로를 비하해서 생각하는 것이 바람직하다
고 생각하는 사람들도 적지 않다. 이 말 역시 진리이다. 청년은 선

천적으로 건방진 경우가 많기 때문에 그것을 장려하기보다는 억제해야 한다는 말이다. 어느 한쪽을 택해야 한다면 청년은 건방진 마음을 억제하는 법을 배워야 한다. 단, 자신의 모습을 일부러 왜곡해서 받아들일 필요는 없다고 생각한다.

인간은 자신만큼 이웃을 사랑해야 한다고들 한다. 자신을 비하해서 생각한다면 그처럼 하찮은 자신을 좋아할 수 있겠는가? 그리고 이웃에 대한 사랑이 협소한 자기애를 잣대로 측량할 수 있는 것이라면 이웃을 더욱 사랑하기 어려워진다 해도 이상할 것은 없지 않겠는가?

다행스럽게도 이 책은 어려운 문제를 논하기 위한 것이 아니다. 이번 기회를 통해 젊은 사람들이 제대로 자신을 평가하는 방법을 알게 되기를 바라는 마음이다.

육체라는 마음의 그릇을 단련하자

인간은 육체적으로는 아무런 가치도 없으며, 가치가 없을 뿐만 아니라 완전히 경멸해야 한다고 주장하는 사람들조차도 있다. 그와 같은 냉소적인 태도에 기울어서는 안 된다.

오히려 육체는 향상시킬수록 좋다는 말이 진실에 가까운 것이 아닐까?

　물론 여기서 뼈나 근육에 대해 논할 생각은 없다. 자신을 평가할 수 있는 능력을 반드시 갖추라는 점, 그리고 정신적 향상은 매우 가치 있는 일이지만 육체보다 정신을 먼저 향상시키기란 불가능하다는 점을 말하고 있는 것이다. 육체적으로 향상될수록 정신적으로도 향상되는 법이다. 물론 여기서는 육체의 본래 가치를 일반적인 통념보다 강조한 경향이 있다.

　그러나 육체에 대한 잘못된 통념에 대해서 이야기하는 것이 이 책의 목적 중 하나이다. 어리석은 한편 훌륭하게 만들어진 복잡한 자신에 대해 잘 알고 존중하고 정확하게 평가하는 사람은 육체를 소홀히 해서 정신을 약화시키기보다는 마음과 몸 모두를 향상시키려 한다.

　그런 사람들은 흔히 생각하듯 관대함은 좋은 것이라는 잘못된 생각을 하지 않는다. 또한 자신에게 너그러운 것은 마음과 몸 모두를 약하게 하고 더욱 불완전하게 한다는 사실도 잘 알고 있다.

인간의 가치는 마음으로 결정된다

　어려움을 견뎌내기 위해서는 젊었을 때부터 어려움에 익숙해질 필요가 있다. '젊어서 고생은 사서 한다'는 말은 진리이다.

젊은 사람들이 범하는 커다란 과오, 과오 중의 과오를 한마디로 표현하자면 자신을 향상시키는 일이 아닌 것을 자신을 향상시키는 일이라고 믿거나, 사실은 자신의 가치를 떨어뜨리는 일을 자신의 가치를 높이는 일이라고 생각한다는 것이다.

얼마나 최신 유행으로 치장하느냐로 자신의 가치를 평가하는 사람들이 있다. 누구나 범하기 쉬운 과오이다. 그와 같은 기준으로 자신의 가치를 결정하다니, 얼마나 우스운 평가 방법인가? 옷이 그 사람과 어떤 관계가 있단 말인가?

외모의 아름다움으로 자신의 가치를 결정하는 사람들도 많다. 미모나 보기 좋은 모습 등과 같은 외면적인 부분을 숭배하는 것은 여성들뿐만이 아니다. 그러나 용모의 아름다움만으로 자신을 평가해서는 안 된다.

대다수의 청년들은 아직도 사회적 지위나 신분에 따라 자신의 가치가 결정된다고 생각한다. 민주적인 사회에서조차 본질적으로는 미덕이 아닌 지위가 가장 중요시되는 기묘한 현상이 벌어지고 있다.

인간의 가치를 결정하는 것은 마음이다. 직책이나 직함이 자신의 가치를 결정한다는 생각은 가엾기 짝이 없는 착각이다.

가장 어리석고 치명적인 과오는 재산이 얼마나 되느냐에 따라서 자신의 가치가 결정된다고 생각하는 것이다. 요즘 사회는 돈을 숭배하는 경향이 매우 강해서, 젊은이들도 머지않아 그의 아버지들처럼 돈을 숭배하는 법을 배워 돈을 얼마나 잘 버는가를 기준으로 자신의 가치를 평가하게 될 것이다.

그러나 그런 사람들도, 특히 그 아버지들은 금전욕이 악의 근원이며, 제아무리 커다란 부자라도 불행한 죽음을 맞기도 한다는 사실을 예전부터 잘 알고 있다.

그런데도 자신을 어떻게 평가해야 하는지 잘 모르고 있는 이 현상을 어떻게 이해해야 하는가?

인간은 신의 모습을 본따 창조되었기 때문에 육체와 지성과 마음이라는 세 요소가 정밀하게 조합되어 있다. 그러므로 인간의 가치는 창조주의 모습에 얼마나 가까운가에 따라 평가되어야 한다.

역자 후기

시간은 흐르고 세상은 바뀌었지만

아직도 바뀌지 않은 가치에 대하여 ⋯

간소한
삶에 대하여

이 책은 1845년에 미국 보스턴에서 출간된 윌리엄 올콧(1798~1859)의 『Young Man's Guide』를 한국어로 번역한 것이다.

'164년 전에 출간되었던 책을, 그것도 명작이라 인정받는 문학작품이라면 몰라도 인생의 지침서라 할 수 있는 책을 요즘 시대에 내는 게 무슨 의미가 있을까?'

처음 이 책의 번역을 의뢰받았을 때 나는 이렇게 생각했다.

10년이면 강산도 변한다고 했으니 강산이 16번이나 바뀌었고, 인간의 한 세대를 30년으로 잡는다면 거의 5세대하고도 반, 세기로만 따져도 2세기가 지났으니 그동안 얼마나 많은 사람들이 살다가 떠났겠는가? 또 세상은 얼마나 변했겠는가?

그러나 번역을 하면서 놀라지 않을 수 없었다. 올콧의 글은 현대를 살아가는 우리에게도 충분이 귀감이 될 만한 것이었다. 그리고 나 혼자만의 생각이 아닐 것이라는 확신이 들었다.

목차를 훑어보면 알겠지만 이 책은 특정 분야에 대해서만 충고하는 것이 아니다. 인생 전반에 대해서, 특히 젊은이들에게 충고하고 있다.

이 책에서 올콧이 무엇보다도 강조하는 것은 간소한 삶, 그리고 발전하려는 마음이다.

언뜻 보기에 아무런 연관이 없는 것처럼 보이지만, 다른 책에서도 이 둘은 함께 언급되는 경우가 많다.

간소한 삶이란 생활이라는 부분에서의 다이어트를 말한다. 이는 인간이 인간답게 살기 위해서 영위해야 하는 최소한의 생활을 제외하고는 가능한 한 모든 것을 배제하는 삶이다. 단지 경제 문제만을 두고 얘기하는 것이 아니다. 시간적인 면, 정신적인 면 모두가 하나가 되어야만 비로소 간소한 삶이라 할 수 있을 것이다. 개인적으로 이 중에서 가장 중요한 것은 정신적인 면이 아닐까 생각한다. 인간의 모든 생활은 정신의 영향을 받는다. 언제나 간소함을 염두에 둔다면 그 삶은 저절로 간소해질 것이다. 특히 시간적인 면에서 그러하다. 그렇기 때문에 그다음으로 대두되는 화두가 바로 발전하려는 마음이다. 이런 마음 없이 간소한 삶은 초라하고 무료한 삶이 되어버리고 말 것이다. 간소한 삶으로 얻은 시간을 자기 향상을 위한 시간으로 만들어야 한다는 말이다.

그렇다면 어떻게 해야 자기 향상을 위한 시간으로 만들 수 있을까? 올콧은 이 문제에 대해서도 분명하게 답한다. 그리고 구체적인 방법까지 제시한다.

요즘처럼 여러 종류의 전파가 우리를 자극한 적도 없었다. 그리고 그 전파의 힘은 날로 강하고 자극적으로 변해 간다. 텔레비전, 인터넷, 휴대 전화……. 어디를 가나 무료하지 않다. 그러나 이런 매체들은 독이 될 수도 약이 될 수도 있다.

물론 이 책에는 이들에 대한 언급이 직접적으로 드러나 있지는 않지만, 이 책에서 얻은 지식을 잘 적용한다면 유용하고 효과적인 도구로 활용할 수 있는 지혜를 얻게 될 것이다.

앞서 말한 바와 같이 이 책에는 위의 몇 가지 문제들뿐만 아니라 인생 전반에 관한 문제들이 간결한 문체로 알기 쉽게 담겨 있다. 그러나 결코 가볍게 읽어 넘길 수 없는 내용이다. 진지한 자세로, 신중하게 자신의 상황을 생각하며 읽는다면 잘 알고 있는 듯하면서도 실제로는 잘 알지 못했던 문제들에 대해 커다란 깨달음을 얻을 수 있을 것이다.

끝으로 내게 놀라움과 신선함을 던져주었던 이 책을 번역할 기회를 준 출판사에 감사의 말씀을 전한다.